かくりよの宿飯　九

あやかしお宿のお弁当をあなたに。

友麻　碧

富士見Ｌ文庫

目次

かくりよの宿飯

登場人物紹介

かくりよの宿屋に泊まりけり
——津場木史郎

天神屋

あやかしの棲まう世界"隠世《かくりよ》"の北東に位置する老舗旅館。
鬼神の采配のもと、多くのあやかしたちで賑わい、
稀に人間も訪れる。

大《おお》旦《だん》那《な》

隠世の老舗宿「天神屋」の大旦那で、多くのあやかしの尊敬を集める鬼神。葵を嫁入りさせようとしたが、真意は見せないまま、彼女の言動を見守っている。

津《つ》場《ば》木《き》 葵《あおい》

祖父の借金のカタとして「天神屋」へ攫われてきた女子大生。大旦那への嫁入りを拒み、持ち前の料理の腕で食事処「夕がお」を切り盛りしている。

雪女

仲居 お涼

土蜘蛛

番頭 暁

九尾の狐

若旦那 銀次

白《はく》沢《たく》

お帳場長 白夜

化け狸

春日

手《て》鞠《まり》河《かっ》童《ぱ》

チビ

折尾屋

南の地で営まれる、天神屋のライバル宿。

天狗

葉鳥

狛犬

旦那頭 乱丸

絵：Laruha

「大旦那様《おおだんな》、見てください、俺の娘の葵《あおい》です」

その男、津場木杏太郎《つばききょうたろう》は、現世《うつしよ》に来ていた僕に幼い愛娘《まなむすめ》を会わせてくれたことがある。

あれは、まだその幼子が2歳にも満たない頃のことか。

幼子の名は、葵。津場木葵。

葵は人間に化けていた僕のことを、無垢《むく》な瞳《ひとみ》でじっと見つめていたっけ。祖父や父と同じ、あやかしを見ることのできる瞳で。

この子は、人間に化けた僕の正体を、見抜いているのかもしれないね。

「でもあれですね。父の軽率な約束のせいで、葵はもしかしたら大旦那様のもとへお嫁に行ってしまうんじゃ……」

杏太郎は愛娘を嫁になど出したくないらしく、我が子をひしと抱きしめハラハラしている。

「あっははは。史郎《しろう》が取り付けたあんな適当でデタラメな約束、今更効力などない。心配するな、杏太郎」

「しかしあやかしとの約束には意味が伴うというじゃないですか。なんだか俺には、本当に葵がいつか、大旦那様に嫁いでいってしまうんじゃないかという予感がするんです。俺、そう言う勘はいい方ですから」

「お前は史郎の子の中で、最も霊力が高いからな。いやしかし、こんなに幼い葵から見れば、僕なんて史郎以上にじじいだからなあ。それに僕だって、流石に友人の子どもはなあ、色々複雑というか」

「ふふ。でも大旦那様って、見た目はずっとそのままですよね。絶対に、俺の方が早くじじいになってしまいますよ」

杏太郎はそんなことを言って、膝《ひざ》の上で人形遊びをしている葵に優しい眼差《まなざ》しを向けていた。

杏太郎とは、史郎の息子でありながら実直で毒っ気の無い良い男で、僕はそんな、杏太郎を取り巻く朗らかな空気を気に入っていた。

葵にも同じ空気を感じる。そのまま父に似れば良いと、この頃はいつか自分の花嫁になるなどと意識することもなく、ただ見守るような気持ちで、その頭を撫《な》でた。

それなのに。それなのに……

「大旦那。杏太郎が死んだよ。呪いのせいだ。いや、全部、俺のせいだよ」

「……史郎」

杏太郎が死んだ。

幼い葵と、妻を残して。

仕事で乗っていた飛行機の墜落事故だ。杏太郎の呪いは度々彼の命を襲ったが、その度に上手《うま》く回避してきたという。しかし最後は回避しようのない事故に、巻き込まれてしまった形だ。それが運命だとでも言うように。

杏太郎の鞄《かばん》には、遺書めいたメモがあったらしい。

妻と子への愛の言葉と、もう一つ。黒い手のようなものが、窓の外に見えたのだと言う、走り書き。

そして、死への、恐怖。

「常世《とこよ》の王は、この俺を生きながらえさせておきながら、血の繋《つな》がりのある者に不幸をもたらしている。まさか、杏太郎が……息子を連れていくくらいなら、いっそ俺を殺してくれればいいのに」

この時ばかりは嘆き悲しみ、史郎はらしからぬ言葉を吐いた。

どんなに自分が悪くとも、絶対に非を認めない。そんな男だったというのに……

この時ばかりは、杏太郎に対し、すまないと、自分が代わりに死ねばよかったのだと、そんな言葉を連ねた。

史郎は若かりし頃に一度常世へ赴き、ある妖魔《ようま》の王を嘆き悲しませ、ひどく怒らせたことがある。

報いとはいえ、僕は自分の無力さを痛感したものだ。異界の大妖怪《だいようかい》の呪いを、僕にはどうすることもできなかった。

「俺は、呪いを解く方法を探しに、もう一度〝常世〟へ行く」

「よせ史郎。常世は今、とても危険だと聞く」

「しかし大旦那……呪いの魔の手は、もしかしたら孫の葵にまで及ぶかもしれない。葵の霊力は、俺によく似ているから。もしあの子に何かあったら、俺はもうあの世ですら、杏太郎に合わせる顔がない」

そして史郎は、ふと何か、遠い昔の約束でも思い出したかのような顔をして、僕を見上げた。

「そうだ、大旦那。かつて俺は、お前に孫娘をくれてやるという誓約書を書いたな。ならば本当に、葵を嫁にしてほしい。そしてどうか葵を守ってほしい。葵を、見捨てないでほしい。お前ならば、お前ならば……っ」

「……なるほど。お前は本当に、借金のかたに孫娘を僕によこす気か。だから面倒を見ろと。……それこそ本当に、あの世で杏太郎に、顔向けできなくなるぞ」

「だがしかし、大旦那よ。お前であれば杏太郎も納得するだろう。お前は信頼できるいいやつだ。鬼を、こんなに頼もしく思ったことはない。なあ、大旦那。あの時の約束なんて、お前は冗談だと受け取っただろうが、本当に葵を嫁に貰《もら》ってくれたら、どんなに安心できるだろうか。いや……いっそそれでいい。お前なら、葵を守れる。お前なら、葵もきっと、愛すだろう」

僕は史郎の物言いに呆《あき》れた。そもそも借金なんてとうに返しているくせに。

「孫の人生を勝手に決めるな、史郎。自由を愛したお前らしくもない。それに僕は、誰も愛さないし、誰にも、愛されることはないよ」

僕の言葉が、空しく闇夜に溶けていく。

史郎はもう何も言わずに、うなだれたまま、闇のどこかへと消えた。

僕は葵を嫁にする気などなかったが、史郎や杏太郎への義理もあり、葵のことを気にかけていた。

しかし葵の母は〝何か〟から逃げるように、葵を連れて忽然《こつぜん》と姿を消したのだった。見えぬ者だったが、自分の夫や娘を取り巻く何かに、ずっと違和感があったのだろう。それが、彼女を疲れさせ、病ませてしまった。

「大旦那様、津場木葵を発見しました。ただ、ことは一刻を争います」

一時期、葵の存在を見失ってしまっていたが、現世に住むあやかしの協力者によって再び彼女を発見した。

しかしその時にはもう、葵も呪いに脅かされ、命の灯火《ともしび》を消そうとしていたのである。

呪いによる死は、杏太郎のように、直接的なものではないことが多い。

時に母親すら利用して、死の運命を対象の人物に歩ませる。

葵の母は夫の死後、葵を連れて全国をフラフラと移動していたみたいだが、ある時から葵を育てることを放棄したのだ。

優しく真面目で、できた妻だと、杏太郎は言っていた。

だけど、両親と不仲で孤独な女性なんだと。

あいつが選んだ女性が育児放棄してしまう程、孤独と恐怖に追い詰められた。母親としての、我が子への愛すら失くしてしまい、母と娘の関係すら壊してしまうほど。

葵は母親によって一人部屋に取り残され、何日もの間食うものを与えられず、空腹で死にかけていた。おそらくそれまでも、あまり食べ物を与えられていなかったと思われる。

それほどに、痩《や》せていたのだ。

唯一頼りにできる母にすら見捨てられ、生きる気力すら失って、散乱するゴミと異臭の中で、彼女もまた一つのゴミのように静かに転がっていた。

津場木史郎。

津場木杏太郎。

そして、津場木葵。

受け継がれてしまった、血の呪い。不幸の連鎖。

常世の王を怒らせた代償は、想像以上にでかいようだな、史郎。

あやかしの僕が、身震いすらしてくる。こんな悲劇を、哀れな現場を、目の当たりにしてしまったら。


僕は、あの暗い部屋でひとりぼっちの小さな葵を見て、あることを思い出していた。

昔、史郎が天神屋《てんじんや》で一億の価値を持つ壺《つぼ》を割って大きな借金を作り、その代わりに自分の孫娘をくれてやるなどと適当な約束をしたことを。

史郎は酔っていた。僕も本気で受け取りはしなかった。

あの時の約束事など、本当になんの効力も、意味も理由も、なかったのだ。

ただ、史郎がいつまでも結婚しない僕を憐《あわ》れみ、借金をこしらえたくせに上から目線で契約書を書きなぐった。とりあえず建前上、形だけでもそういうことにしておこうと、僕も受け取り、今では押入れの奥にしまってある。ただそれだけの契約。史郎もそのことをすっかり忘れて、後に別の宝をどこからか入手し、天神屋に寄贈した。それで全て、済んだ話だったのだ。

だけど、こんなちっぽけな、弱々しい娘を前に、僕は思ってしまう。

死ぬくらいなら、死んでしまうくらいなら、僕のところへおいで。

一人で寂しい思いをしているくらいなら、隠世《かくりよ》においで。

美味《おい》しいものをたくさん食べさせてあげよう。

怖いものから守ってあげるから。

別に、その関係は、花嫁でなくともよかった。養女でも、何でも。

天神屋で働く、我が子にも等しい子どもたちは多くいるのだから。

いや、しかし、それではダメなのだ。

この子は、そんな立場では守ってあげられない。

人間の娘だ。史郎の孫だ。霊力の高い、特別な子。

「怖くないのかい」

鬼の面では恐ろしかろうと、銀次《ぎんじ》に借りた南の地の面をつけて、僕は葵に会いに行っていたが、やはり不安だった。怖がらせていないかどうか……

「助けを呼ばないのかい。泣き叫ばないのかい」

「大丈夫。全然怖くないよ。……だって……どうせもうすぐ死ぬんだもん」

しかし葵は、もう何もかもを諦《あきら》めたような、覇気のない声音で言う。

「何だかとっても苦しいの。悲しくて、痛くて……わかんない。もう」

何もわからないと、彼女は言った。この先、何を頼って、何を愛し、何を糧に生きて行けばいいのか。

幼い子どもながら、絶望を知っていた。

ああ、でもこの感じは、僕にも良くわかる。絶望は、僕にもあったから。

『大丈夫。私がお前の生きていける世界を作ってあげるよ、刹《せつ》。だから、絶望してはいけない』

黄金童子《おうごんどうじ》様。

あなたが僕をあの場所から救い出し、そして子どもの姿で泣く僕を抱きしめ、言ってくださったこの言葉を覚えていますか。

たった一人、あのような場所に閉じ込められ続け、忌み嫌われ、疎まれていて、自分を愛してくれる者などいないと思っていた。

だが差しのばされる手があったのなら、救いの言葉があったのなら、ただそれだけで人もあやかしも立ち上がれるのだ。

津場木葵が、いつかの僕と重なって見える。

この子を助けたい。

全てを守ってあげたい。

「大丈夫。もう何も怖くないよ。……なぜなら君は、死なないから」

僕が絶対に死なせたりしないから。

この呪いは、史郎がどんなに探しても、いまだ解く方法など見つかっていない。史郎の血縁、特に血の繋がりの深いものにより色濃く刻まれる永続的な呪いだが、この小さな娘、たった一人であるのなら、僕にも解けるかもしれない。

そして僕は黄金童子様の元を訪ね、事情を語り、頼み込み、葵の呪いを解く方法を共に見出《みいだ》した。

運命を変える食べ物。

運命を壊す食べ物。

呪いを無に帰す、それほどの大きな力。

あの時、葵に食べさせたものが何だったのかというと——それは、僕の霊力の核。

僕の、命そのものだ。

第一話　大旦那様との再会

真夜中なのに眠くない。

こんなに寒いのに、緊張のせいかあまり寒いと感じない。

私、津場《つば》木葵《きあおい》は文門狸《ぶんもんたぬき》の宙船《そらふね》に乗って、その甲板から凍《い》てついた冬空の、赤い星を見つめていた。

大きく瞬いては遠のく、大旦那様《おおだんな》の瞳《ひとみ》の色のような、赤い星を。

「大旦那様……」

会いたい。知りたい。

恋い焦がれているというのは、こういう気持ちのことを言うのだろうか。

わからない。だけど……そっと髪から抜いた、大旦那様にもらった簪《かんざし》は、椿の花をすっかり開花させている。まるで、私の想いを象徴するかのように。

「椿って……ポトンと花を落とすけれど、これ大丈夫かな」

咲いてしまったら、それがいつのことになるのか気になる。

大旦那様は、この簪の花が散ってしまうまでが借金返済の期限だと言っていたけれど、今はもうそれどころじゃないしなあ……

「人間の娘では、北の地の寒さはこたえただろう、葵」

「黄金童子《おうごんどうじ》……様」

いつの間にか、真横に金髪の座敷童《ざしきわらし》が立っていた。

黄金童子様だ。

初めて会った時、私はこの方をただの幼い女の子だと思っていた。でも実際は天神屋《てんじんや》の創設者であり、大旦那様の育ての親のようなものだと……

「あの。大旦那様は……っ、大旦那様は無事なんですか？　あなたが妖都《ようと》の牢屋《ろうや》から連れ出したと聞きました」

妖都で一度だけ会った大旦那様は、その姿を保っていられない程、弱っていた。

あれはやっぱり、大旦那様だったと思うから。

「お前は私に問い詰めたいことばかりだろうが、私も一つ、聞いておきたいことがある」

黄金童子は紫水晶のごとく煌《きら》めく瞳を細めて、

「葵、お前は大旦那のことを、今はどう思っているのだ」

「……え？」

「以前、あの天神屋の離れで『なぜ大旦那に嫁がないのか』と、私はお前に問いかけた。その時は、何も知らないまま、状況に流されるのは嫌だとお前は言ったな。今はどうだ。

……何を知り、何を求め、何を選ぶ？」

「…………」

何を知り、何を求め、何を選ぶ、か。

私は春にこの隠世《かくりよ》に攫《さら》われて来て、夏に折尾屋《おりおや》の事情に立ち向かい、秋に大旦那様と別れ、そして冬……あの鬼を助けるために、ここにいる。

まだわからないことばかりだけれど、わかったこともある。

大旦那様が、いつも私を見守り、助けてくれていたこと。

それはきっと、ずっと昔から。

私自身が、そんな大旦那様に惹《ひ》かれつつある。胸の内側に熱く燃え始めた、思いがあるもの。これを恋と呼ぶのであれば、私は……

「あの、私は……っ！」

「まあ、答えはもう少し見送ろう。真実を知ったら意見が変わることもあるだろうからな」

黄金童子様は私に問いかけておきながら、答えを聞くことはなく、私にある紙の束を差し出す。

新聞だ。これは、妖都新聞。

「これ……大旦那様のことが書かれてる」

「ああ。あの子はすでにお尋ね者。隠世では大きな騒ぎになっている」

「………」

読むのも苦痛なほど、大旦那様のことを酷《ひど》く悪い様に書かれている。

新聞を持つ手が震えてしまった。これを大旦那様が読んだら、どれほど悲しい思いをするだろうか。

「新聞には天神屋の大旦那について、嘘も誠も好き勝手に書かれている。要するに、大旦那が邪鬼であったことが隠世のあやかしたちに明かされ、長年かけて築き上げた名声は地に落ちたと言うことだ。天神屋にも数多くのクレームが入っていると聞く」

「ク、クレーム……」

多分、対応しているのは番頭である暁《あかつき》なんだろうなと思うと、暁が不憫《ふびん》でならない。だけどここから頑張れと念を送る他ない。

「たとえ、大旦那が天神屋に戻ったとして、あの宿は今までのような、隠世一の温泉宿とはいかないだろう。ゼロ……いやマイナスからのスタートを切ることになる。味方になってくれる者が果たしてどれほどいるだろうか。困難と苦労ばかりに違いない。それでもお前は、大旦那が天神屋の大旦那であるべきだと思うのか」

「ええ」

その問いには、迷いなく答えてみせる。

「大旦那様が天神屋の大旦那だったからこそ、誰もがあんなに必死になれるんだわ。だから、私も……苦労は厭《いと》わない。大旦那様に戻ってきてほしいです」

黄金童子様は、その何もかもを見抜いてしまいそうな瞳で私を見つめ、やがて小さく息を吐く。ため息のようで、どこか、安堵《あんど》したかのよう。

「あいつは恵まれているな。良い仲間を得ることができた。最初は……ひとりぼっちだったのにね」

「……………」

私はその表情に、なんとなく母の愛のようなものを見た気がした。黄金童子様が、幼い子どもの姿だとしても。

やがて文門《ぶんもん》の地《ち》の船着場に到着した。真夜中のことだ。

私は、ここで何を知ることになるのだろう。

大旦那様には、会えるのだろうか……

「おーい！」

「………え」

「葵、葵！　久々だな」

「…………」

あれ。なんか……なんかいるんですけど。

今まで〝その人〟に会うために散々苦労をしてきた。

例えば、妖都で兵士に捕まりかけたり。

それなのに、雪山で遭難しかけたり。

それなのに、その人はちょっと会えなかった遠縁の親戚《しんせき》くらいの感じで、バッと両手を広げながら、ちょうど船から降りた私の元までてくてく歩いてくる。

「少し痩《や》せたかい？　かわいそうに、苦労したんだろう」

「ええ、おかげさまでね」

近寄ってくるその〝大旦那様〟が本物かどうか分からず、私はススス……と後ずさる。

「なぜ逃げる!?」

「だって大旦那様が普通にいるから！」

だって、だって大旦那様が！

化けの皮が剝《は》がされて大変なことになっていたって聞いてたのに、当たり前のようにここにいるから！

確かにいつもの天神屋の大旦那ルックではなく、南の地での魚屋のように角無し若めに化け直しているし、普段は着ないような臙脂《えんじ》色の羽織姿なんだけど。

私は黄金童子様の後ろに隠れ、大旦那様らしきその者を訝《いぶか》しげに観察していた。

黄金童子様は「随分と避けられているじゃないか、大旦那」と辛辣《しんらつ》にささやきかけ、大旦那様は「そんな、僕はどうしたら……っ！」と頭を抱えて青ざめている。

ああ、確かにこれは、この反応は私の知っている大旦那様に違いないわ。

徐々に気持ちも落ち着き、状況を把握できる。

「大旦那様、思ってたより、本当に思ってたよりずっと元気そうね」

「お、やっと出てきてくれたか、葵」

黄金童子様の後ろからすっと出て来て、大旦那様に向き合う。

大旦那様はにこやかに微笑み、「会いたかったよ、葵」と、あっさり言ってのけた。

感動の再会のはずなのに、出鼻をくじかれた私は、どう反応して良いのやら。

「色々言いたいこともあるけど、ええと、私も……会いたかったわ」

ほら。こんな感じの曖昧《あいまい》な受け答えになってしまって。

大旦那様は本当にけろっとしていて、上機嫌だし。

「いや葵が僕のために頑張ってくれていたという話は聞いている。なかなか会いにいけなくて、悪かったね。なんせ僕が化けの皮を剝がされ、黄金童子様に大事なものを〝修理〟していただくまで、少し時間がかかったからね。その間は意識を失っていたし、目覚めたのは昨日だ」

「……え？」

修理……？　修理って、何？

目覚めたのは昨日って……

「とはいえもう元気いっぱいだ。問題は山積みだが、僕の部下は僕がいなくとも優秀な働きをする者ばかりでね。色々と先手を打っているみたいだ」

「……大旦那様、これからどうするの？」

「ん？　うーん……」

妖都は大旦那様を天神屋の大旦那の座から下ろす話を進めているし、八葉《はちよう》は二手に分かれてこの話の行方に睨《にら》みを利かせている。

大旦那様は、これらにどう決着をつけるつもりなんだろう。

「そうだなあ、ダラダラするか」

「は？」

「実を言うと、夜行会《やこうかい》が始まるまで僕の出る幕はない。むしろ動かないでほしいと思っているはずだ、あっちもこっちも、白夜《びゃくや》でさえも」

「ちょ、ちょっと待って。だからって、ダラダラするの？」

「そうだ。幸いここは北西の地。僕がここにいることは文門狸の一部しか知らないし、こんな風に学生風に化けていれば天神屋の大旦那とはバレないだろう。そもそもここの連中は他人に興味がない者ばかりだからな。そう、これは僕の少し早い正月休みなのだ！」

「非常事態なのに正月休み!?」

ああ……やっぱり大旦那様は訳がわからない。

会えない間にこの人を美化しすぎていたかもしれない。あちこちで天神屋のみんなが大変な思いをしているというのに、この人ときたらダラダラと正月休みを満喫しようだなんて呆《あき》れる。だけど……

「葵、腹が減った。何か作ってくれ。葵の料理が食べたいよ、僕は」

「な、何よいきなり。素直すぎて怖いわね」

「素直にだってなれる。ここでは僕は大旦那ではなく、葵もまた借金のかたに連れてこられた天神屋の鬼嫁ではない。僕は僕であり、葵は葵だ。……もう、それでいいじゃないか」

大旦那様は、何だからしくない事を言う。

もしかして大旦那様……天神屋の大旦那に戻る気が無いんじゃ……

「お前たち。盛り上がっているところ悪いが、ここは文門の地。文門狸の院長に挨拶《あいさつ》に行かなければならない」

黙って私と大旦那様のやり取りを見ていた黄金童子様が、いよいよ口を挟んだ。

「ええ、分かっていますとも、黄金童子様。僕も葵が来たら時計塔へ赴こうと思っておりましたから。院長殿はそこにいらっしゃるのでしょう？」

「ああ」

院長と聞いて、私もピンとくる。院長殿って、もしかして……春日《かすが》のおばあさん？

春日は院長ばば様と呼んでいた。千秋《ちあき》さんも。

「あれを見てごらん、葵。あの、大きな、緑の時計塔だよ」

大旦那様が指差す方向に、夜でも明るく目立つ、大きな時計塔があった。

漢数字の巨大な和時計がいかにも隠世らしく、つる草に覆われた緑色のレンガ造りの塔は見事である。夜でも鬼火が照らしているので、遠目から見ても時間がわかるのだ。

ちょうど深夜の二時半。

「あれが北西・文門の地の八葉の拠点、文門大学院の〝時計塔〟だよ。鬼門の地でいう、天神屋と同じ役割を持つ場所だ」

そして大旦那様は、時計塔を目指して気ままに歩みだす。

私も慌てて後を追った。

黄金童子も付いてきているだろうかと思って振り返ってみたが、すでに彼女の姿は無く、ただ見覚えのある金の鱗粉《りんぷん》だけが、ある一箇所でキラキラと漂っている。

「心配しなくていい。黄金童子様は忙しい方だから、他に用があってそちらへ向かったんだ」

「ねえ。大旦那様は……黄金童子様に育てられたと聞いたわ。白夜さんに」

「ほお。それならば葵はもう、僕がどういう存在で、どういう経緯で天神屋の大旦那をしているか知っているみたいだな」

「ええ。詳しくはないけれど、大まかな流れなら」

私は前を行く大旦那様の隣に急ぎ、その横顔を見上げた。

いつも通り、余裕すら感じられる、大人びた微笑を湛《たた》えている。

「でも大旦那様、前に自分は天神屋の二番目の大旦那だって言ってなかった？　白夜さんに聞いた話じゃ、大旦那様によって天神屋の初期メンバーが集められたようだったけど」

「ふふ。確かに僕は最初から大旦那だった訳ではない。だけど近しい者からは、最初から〝大旦那〟と呼ばれていた。まるで愛称のようにね。そもそも、僕のような子どもの鬼が何の実績もなく偉い立場を任されるはずもなく、最初は黄金童子様が大女将《おおおかみ》と大旦那を兼任していたんだ。僕が実際に大旦那という立場を任されたのは、ここ文門の地の大学に数年間通い、卒業した後だよ」

「嘘！　大旦那様に学生時代があったの⁉」

驚愕《きょうがく》の事実だった。大旦那様の学生時代なんて、あまりに想像できない。

「僕にだって、幼少時代や学生時代があったとも。故に僕はここをよく知っている。街並みは随分と変わったが、とても懐かしいよ。これも僕の学生服……あの頃から変わってないからと、黄金童子様が引っ張り出して、持ってきてくださったんだ」

学生時代のことでも思い出しているのか、少し無邪気な顔をして、臙脂色の羽織を見せつけてくる大旦那様。これ学生服だったんだ。

それにしても、文門の地は今まで見てきた隠世の景色とも少し違うな。

時計塔まで延びる幅の広い大通りは緑色のタイルが敷かれていて、周囲の建物も基本的に薄緑色の四角い建物ばかり。シンプルで統一性のある街並みは美しいが、不思議な心地になるものだ。

「文門の地は時計塔を中心に、文門大学と複数の専門学校、総合病院や諸々《もろもろ》の研究機関で形成された巨大な学術都市だ。それらを総称して、文門大学院という。この地には他にも、広大な植物公園や隠世で最も大きな図書館もある。今の院長になってできた、幼いあやかしたちのための、学校と孤児院を兼ねた施設もあるんだよ」

この地の財源は他の地とは大きく違い、主に優秀な人材であると、大旦那様は語った。

「ほら。こんな真夜中でも白衣のあやかしたちがせかせか歩いているだろう」

「ええ。緑色の上を歩くからよく映えて見えるわ、白衣」

白衣といえば天神屋にも砂楽《さらく》博士がいるけれど、あんな感じ。

文門狸の治める土地なので狸のあやかしが多いが、そうじゃないあやかしもいる。大旦那様曰《いわ》く、ここには難しい入学試験を突破してやってきた各地のあやかし学生や、有望な研究者が数多く住んでいるのだとか。

「ということは、大旦那様も難しい試験を突破したのね」

「まあ、白夜に試験対策を死ぬ気でやらされたからな……」

遠い目。大旦那様が、遠い目。

「白夜は王家の子息たちの教育者でもあったから、ここの大学で時々講師もしているんだよ」

「へぇえ。白夜さん、確かに学校の先生って似合うかも。めちゃくちゃ厳しそうだけど」

そんな、大旦那様の入学事情を聞いている傍で、私はまた少し、道行くあやかしのことで、気になったことがあった。

白衣を着ているのは主に研究者か医者。そして臙脂色の羽織は大学の制服。

気になったのは、彼らの行動だ。

「みんな、何か食べながら歩いてるわね。おにぎりとか、なんかよくわからない四角い固形物とか」

「ああ。ここの連中はとにかく忙しいし、勤勉だ。食べることに無頓着《むとんちゃく》というか、飯屋に入ってのんびり飯が出てくるのを待つ楽しみを持たない。心底腹が減ってやっと空腹に気がつくので、食う時間も今くらいで、遅い傾向がある。おかげでここには美味《うま》い飯屋が少なく、繁盛しているのは現世《うつしよ》のコンビニを真似た店ばかりだとか」

「……そ、そうなんだ。なんか見覚えのある店構えがちらほら視界に入るなーとは思ってたけど。あれやっぱりコンビニを模してるんだ」

それにしても、食べることに興味のない人が多い土地、かあ。

料理人としては、少し寂しい話を聞いたな。

「文門の地へようこそ、津場木葵さん。そして天神屋の大旦那も……昨日目覚めたと聞いていたが、今になってやっと私のところへ挨拶に来たね」

文門の地の八葉・文門大学院の院長様は、眼鏡をかけた厳格そうな初老の女性だった。

春日や千秋さんのように狸の耳があり、白髪混じりの茶髪を後ろで結っている。

知的でキリッとした佇《たたず》まいの中でも、丸顔でタレ目という狸の特徴は同じで、やっぱり化け狸なんだなと思わされた。それともこの家系の特徴なのかな。

「申し訳ありません院長殿。文門の地があまりに懐かしく、ご挨拶の前にふらついてしまいまして」

「お尋ね者にしては随分と余裕じゃないか、陣八《じんぱち》。それに、あんたに院長殿だなんて言われると、何だか悪寒がしてくるよ」

「だって院長じゃないか、夏葉《なつは》は」

陣八……夏葉？

夏葉とは目の前にいる、院長様のお名前だろうか。大旦那様が親しみ慣れた様子でその名を口にするので、私は二人の関係がイマイチ読み取れず、小首を傾げていた。

そんな私の疑問に、大旦那様が気がつく。

「ああ、実はというと……院長殿、いや院長ばば様とは」

「ごほん」

「えーと、夏葉という風流なお名前を持つこちらの淑女は、大学時代の僕の同級生でね。あの頃、同じ班を組んでいたんだ。彼女は班長だったし、僕は宿題を忘れたり遅刻するたびに、彼女に随分と叱られたものだよ」

「えっ。えええええ」

そりゃあ、ねえ。驚くわよ。

そんな、想像もしてなかったような話がポンと出てきたら。

それに大旦那様、学生時代は意外と不真面目。

「ふん。いまだに若作りしてあの頃のような見た目をしているあんたが憎らしいよ、陣八。こっちはばばあだってのにね」

「これは学生の頃のように化け直しているだけだ。夏葉だってやろうと思えばできるだろう、狸なんだから」

「出来るけどやらないよ。院長ばば様が若作りしていても笑われるだけだ。それに化け狸とはお前のような鬼と違って、それなりに寿命があるのでね」

「ははは。僕にだって寿命くらいある」

呑気《のんき》な話をしている中で、私は院長様が、さっきから大旦那様のことを〝陣八〟と呼ぶのも気になる。

陣八という名は、大旦那様が南の地で、魚屋に化けた時に使っていた名だ。確か本名じゃないと言っていたけど……学生時代から偽名の陣八を使っていたということ？

それとも、偽名というのも実は嘘で、本当にこの名が……

「ゴホン。ああ、無駄話はよそう。葵さんを待たせているからね」

「そうだ。彼女は僕の妻である」

「いや、まだ妻でもないし……ってこのやりとり久々にした気がするわ」

私は改めて、院長様に挨拶をした。

頭を下げていると「顔をお上げ」と院長様は私の頬に触れる。

「津場木葵、ああ知っているとも。隠世を騒がせたあの史郎《しろう》の孫娘だからね。と言うような話を、君はもう何度も言われていることと思う」

「は、はい」

思わず背筋が伸びる、そんな語り方をする。落ち着いていて女性ながらに低い声音だからだろうか。私を探るような視線も、こそばゆい。

「しかし今や津場木史郎の孫娘というよりは、葵さん自身の活躍の方がこの耳には届く。なんせ、文門狸は耳がいい」

自らの耳を指差しながら、院長様はニヤリと笑む。

それは、以前春日にも聞いた。文門狸の武器は情報。隠世全土に優秀な狸を放ち、中心人物の懐に飛び込んでは、この世を動かす情報を手に入れここに集めている。

きっと私が今まで隠世でしてきたことなんて、話すまでもなく何でも知っているのでしょうね。

活躍、というほどのことをした気はしないけれど。基本的には誰かに助けられながら、乗り越えてきたことばかりだもの。

「春日のことも、随分と世話になったようだね。嫁に出したとはいえ孫娘だ。あんなところに嫁に出しておいてと思うかもしれないが、やはり死んで欲しくはない。あの子を助けてくれて、ありがとう、葵さん」

私に頭を下げる院長様。

「い、いいえ！　私だけで春日を助けたわけではありませんから。それに、ご安心ください。春日は元気になりました」

「ふふ。そうらしいねえ、大怪我をしたっていうのに相変わらず悪運が強いと言うか、図太い子。まあ、あの図太さは父譲りだろうね」

春日の父。妖都の右大臣だ。私もここへ来る前にお会いした。

「葵さんもここへ来たばかりで疲れているだろうから、長話は無用だ。今日はひとまず、黄金童子様の別荘〝ひなげし荘〟へお戻り」

「は、はい」

はいって答えちゃったけど、黄金童子様の別荘……ひなげし荘ってどこ？

「陣八、お前はもう少し危機感を持つように。昔から捉《とら》えどころのない男だったが、流石にそろそろ落ち着いて、若い嫁を苦労させることのない様に」

「わかっているよ。葵に苦労なんて僕は絶対にさせない」

「いやもうかなりしてきたと思うんですけど、苦労……」

キリッとかっこいい顔をして断言する大旦那様に、容赦なく、というかごく自然につっこんでしまった。

秘書のような男性がこの場にやってきて、院長様に何かを小声で伝えると、

「では葵さん、ごゆっくり。そして陣八、文門の地で目立つ行動をしないように」

院長様は主に大旦那様に言いつけ、先に部屋を出て行った。

私たちはこの後どうすればいいのだろうか。

そう思っていたら、大旦那様が私の顔を覗《のぞ》き込み、

「文門の地には黄金童子様の別荘の、ひなげし荘があると聞いただろう。しばらくはそこが拠点になるよ、葵」

「大旦那様は？」

「もちろん僕も一緒だ。僕らは数日の間、一つ屋根の下で寝食を共にするのだ」

「天神屋も広い意味で同じ屋根の下だけどね」

それにしても大旦那様は嬉《うれ》しそうだし、楽しそうだ。

再会した時にも思ったけれど、大旦那様はいたっていつも通りというか、むしろ元気すぎるくらいだし、どこか少年っぽいし、天神屋での偉い感じやオーラゼロっていうか……

「ん？」

大旦那様が、急に立ち止まる。

不思議に思って私も立ち止まり振り返ると、大旦那様は真顔でじーっと私を見下ろして、

「葵。簪《かんざし》の花が咲いたんだな」

「……え？　あ、そう。そうなの。北の地にいた時に」

「…………」

いきなり簪の話題に。

大旦那様は何を考えているのか分からない表情のまま、そっと私の髪に挿した簪に触れた。この簪を大旦那様に貰《もら》った時はまだまだ蕾《つぼみ》だったけれど、今はもう椿らしい花を咲か

せている。

しばらく沈黙が続く。

彼の手がわずかに頬を掠《かす》り、それにすぐドキドキしたりして、私は上ずった声音で話題を変えたりした。

「そ、そうだ！　大旦那様、何か食べたいって言ってたでしょう？　黄金童子様の別荘に台所はある？」

「台所は勿論《もちろん》あるが、それは明日お願いするよ。葵、今日はひとまず寝ろ。疲れが顔に滲《にじ》み出ているぞ」

「えっ⁉　嘘、今私、どんな顔……⁉」

思わず頬を両手で包んだ。

大旦那様に疲れ切った顔を見せ続けている意識が無かったというのが、恥ずかしい。

もしかして、それでじーっと私の顔を見ていたのかも。

今までも夕《ゆう》がおの営業後にボロボロな姿をよく見せてきたと思うけど、せっかく再会できたのに、それが疲れの滲み出た顔だったというのが、思いのほかもどかしかった。

大通りから細い坂道に入り、灯籠《とうろう》の照らす緩やかな坂を登っていると、途中で開けた場所に出て、そこには古いお屋敷があった。

「葵、黄金童子様の別荘はあれだよ」

「あ」

背後に竹林があり、少しだけ、夕がおを思い出す佇まいだ。

もちろん夕がおより大きくて立派だけどね。ただその家を取り巻く空気があまりに洗練されているので、座敷童のいる家ってこんな感じなのかもしれないと思ったりした。

「おかえりなさいませ、大旦那様。いらっしゃいませ、津場木葵様」

出迎えてくれたのは黄金童子様ではなく、より幼く見える黒髪の座敷童だった。

腰まで長い黒髪をぱっつんと切り揃えている、誰もがイメージする座敷童に近い。

蝶々《ちょう》柄の赤い着物を着ている。

「ただいま。黄金童子様は見たところいないようだね」

「少し留守にするとおっしゃっておりました」

「そうか。……ああ、葵、この子は座敷童のお蝶《ちょう》。黄金童子様の眷属《けんぞく》で、このひなげし荘の管理と客人のもてなしを任されている。僕らの新婚生活をサポートしてくれるよ」

「つっこみ待ちなら、つっこんであげないからね」

お蝶さんとは、幼いながらに凛《りん》とした空気を纏《まと》う、物静かな座敷童のようだ。

彼女に従い、私は寝室へと案内してもらう。もちろん、大旦那様とは別室だけど。

あやかしたちもそろそろ眠る、深い夜の時間帯。

こんな時間まで余裕で起きていられるようになった私もまた、あやかしの世界に慣れてきたなとしみじみ思う。

なんだか、切羽詰まっていた心が意図せず解《ほぐ》されてしまった。

ずっと会いたかった大旦那様に会えたからかな。

大旦那様が思っていた以上に、元気そうだったからかな。

八葉夜行会はもうすぐだし、まだ何も安心できる状況ではないのに、その日はいつもよりすぐに眠りにつくことができた。

部屋に薫《た》かれていた、少し甘い匂いのお香も、そんな私の眠りを促す。

明日は、大旦那様に何を作ってあげようかな。

第二話　食火鶏の照り焼き重

翌朝。正午を知らせる時計塔の鐘の音で、私は飛び起きた。

「あああっ！　やらかしたやらかした！　寝すぎたわ……っ！」

慌てて着替えようとするも、着物が無い。

「おはようございます、葵《あおい》様」

襖《ふすま》を開け、淡々とした表情で挨拶《あいさつ》をする長い黒髪の座敷童《ざしきわらし》の幼子。

名前は確か、お蝶《ちょう》さん。

「おはよう。あの、お蝶さん。台所を貸してもらえたら嬉しいのだけど……」

「食事はご自分でご用意するということでしょうか」

「え、ええ。もしかしてもう用意してくれていたりする？」

「いえ。黄金童子《おうごんどうじ》様が葵様なら自分で作ると言うだろうとおっしゃっていたので、まるで作っておりません」

「あ、それはありがたい……けど、少し複雑ね」

あくまでも客人として持て成す気はないという黄金童子様の厳しさなのか、それとも私の意図を汲《く》んでくれたのか。

お蝶さんも黄金童子様の眷属らしい、クールで手厳しいもの言いだ。

「葵様のお召し物は、あなたと夕《ゆう》がおのトレードマークとして浸透しつつありますから、しばらくは別の格好をしていた方がいいでしょう。とりあえず洗っておきます」

「あ、それで着物が無いのね。ありがとう。でも私、他に着物を持ってきてなくて」

「それなら心配ご無用です。院長殿が用意してくださったこちらの着物があるので。どうぞお召しください」

お蝶さんが差し出したのは、昨日も街で見かけた、学生の臙脂《えんじ》色の羽織。

そして女学生用の矢絣《やがすり》柄の着物と青緑色の袴《はかま》だった。

「もしかして、私にここの学生として振舞えってこと？」

「それが何よりここに紛れやすい姿ですから。ちなみに大旦那《おおだんな》様も昨日からそちらを羽織っております」

「そうだったわね。大旦那様も学生のコスプレするなら私も許される気がしてきたわ」

まずお料理するので、矢絣柄の着物と袴だけ着て、たすき掛けする。

お蝶さんは私の準備が整うと、静かに廊下に出て台所へと案内してくれた。

それにしても、ここは外から見ていたよりずっと広いお屋敷に見える。

部屋の数も多いし、廊下も長いし……

「こちらがお台所でございます。座敷童は基本的に甘い小豆《あずき》のお菓子ばかり食べているので、食材もほとんどありませんが、朝一で大旦那様が調達してきたものがあるみたいで、これらは使って良いのかと」

「大旦那様が食材を調達？」

というか大旦那様はもう起きているのね。そりゃあそうよね、私くらいよねこんなに寝坊したの。私に何か作らせる気満々ね。

「大旦那様は食材をここに置くと、すぐにまた出掛けられました」

「そう。……どこ行っちゃったんだろう」

「一時期住まわれていた土地ですので、懐かしくてふらついているのかと」

「ああ。そっか。そうよね……」

とりあえずどんな食材があるのだろうかと、台所におかれていたものを確認してみた。

「大根、ごぼう、ニンジン、小松菜、白菜、ししとう、お豆腐、油揚げ、木の実に、鶏肉《とり》」

定番の食材ばかりだ。貼られていたラベルを見ると、豆腐は妖都《ようと》のもので、根菜は北の地のものらしい。葉物は文門野菜《ぶんもんやさい》研究室と書かれている。研究所で育ったものってことかな。鶏肉は鬼門の地の食火鶏《ひくいどり》だ。

文門《ぶんもん》の地《ち》は各地の食材を手に入れるのには困らないようだが、一方でこれといった特産物は無いのかもしれない。

そういうものが必要のない土地ということだろう。

ここには学問や医療、研究など他に主力の武器がある。野菜などの開発はしていても、生産しているのは他の地で、基本的にはあちこちから輸入している土地だと、お蝶さんも教えてくれた。

ただ面白いことに、調味料は現世《うつしよ》で売っているような化学調味料に似た物が簡単に手に入るらしく、この別荘の台所にも一通りあった。固形のコンソメや、粒状の出汁《だし》など。

化学調味料はここ最近文門の地が力を入れている分野らしく、流石は学術都市だと思ったり。これは料理が楽になるわね。

「あ、卵。食火鶏のものじゃないけれど、小ぶりな赤卵。そしてまだ少し温かい。朝どれみたいね。……ん？」

朝どれ卵のザルの下に、何か置き手紙のようなものがあった。

『文門大学の中央広場にいるよ。今日はお弁当日和だね』

要するにこれは、弁当を作って大学まで持ってこいと言っているのよね。

昨日は『葵に苦労なんて僕は絶対にさせない』とかかっこよく言ってたくせに、早速こき使ってくれるじゃないのよ。

「それにしても、大旦那様って本当にお弁当が好きよね。あれ何なんだろう」

作りたての温かいご飯よりお弁当がいいなんて料理人としては少し複雑だが、確かにお弁当にはお弁当の魅力がある。

それに、大旦那様に再会したら、何か作ってあげたいと思い続けてきたのも事実。

私の手は、自然と動いた。

「でも大旦那様は何が好物なのか、いまだによくわからないのよね」

かぼちゃが苦手なのは知ってるんだけど……

弁当の具として王道の小松菜のお浸しと、厚焼き卵を先に作り、私はそのほかの具をどうしたものかと唸《うな》っていた。

「多分、鶏のお料理は好きだと思うのよね〜。鬼門の地は食火鶏の産地だし、前にとり天御膳《ごぜん》美味《おい》しそうに食べてたし、地元で食べ慣れたものは嫌いなはずないでしょうし」

と言うわけで、今回のお弁当のメインはパパッと簡単にできる〝鶏の照り焼き〟だ。

鶏肉には浅く切れ目を入れて小麦粉をまぶし、平鍋《ひらなべ》で油を温め、皮を下にして焼いていく。鶏肉の旨《うま》みが染み出した油で、ししとうも一緒に焼くといい。これも良いお弁当のおかずになる。ししとうは焼けたところでパッと取り出しておくこと。

裏側も焼き、焼き色がついてきたら、用意していた照り焼きのタレを回し入れて、じっくりと煮からめる。良い照り色がついてくるまで、ひっくり返して味付けにムラが出ないように。

　こんがり良い匂いが台所に漂い始めたら、頃合いを見て平鍋からお肉を取り出し、斜めに包丁を入れて食べやすい幅で切っていく。

　じんわりと滲《にじ》み出る鶏肉の肉汁と、甘辛いタレの匂いが混ざり合い、端っこをつまみ食いしてしまったのだけれど、やっぱり出来立ては美味しい。白いご飯が欲しくなる。

　ちょうど座敷童のお蝶さんが居間の引き戸の隙間からじっとこちらを覗《のぞ》いていたので、

「お蝶さんも味見してみる？　鶏の照り焼き」

「いいのですか？」

「端っこはもう一つあるわ。私、鶏の照り焼き重にするつもりだから、端っこはもともと自分がつまみ食いしようと思ってたのよ」

　ちょこちょこと土間の台所までやってきて、クールな表情のまま口を小さく開けるのが可愛らしい。私は彼女の口に照り焼きを持って行ってあげた。

「砂糖多めの……甘辛い照り焼きのタレ。しっかり煮絡まっており、食べ応《ごた》えがあります。美味しいです」

「ふふ、ありがとう」

　一方で卵焼きは甘さのない、お塩とお出汁の味付けにした。厚焼きで中までしっかり焼いた、水っぽくないやつ。

これも端から薄く切って……

「よし。具は揃ったわね。あとは炊きたてのご飯をお弁当箱に……」

台所の戸棚で見つけた、白木の曲げわっぱ弁当箱。

絵に描いたようなレトロなお弁当箱だ。大、中、小と三つの大きさのものがある。

一番大きいのが大旦那様用で、中くらいのが私用。

お弁当箱の底に浅く炊きたてご飯を敷き詰め、その上に海苔《のり》をのせ、作りたての鶏の照り焼きを並べる。またまた薄切りの厚焼き卵も隣り合う形で並べた。

真ん中に焼いたししとうを、水気を切った小松菜のおひたしを端っこに添えて、と。

「よーし完成！　まだ温かい、厚焼き卵と鶏の照り焼き重！」

うんうん。我ながらなかなか美味しそうなお弁当ができたと思うわ。

それにとてもお腹が空《す》いている。朝ごはん食べてないものね、私。

お弁当を、お手拭《てふ》きや緑茶を入れた水筒と一緒に竹籠《たけかご》に入れ、それを持って急いで大旦那様の下へと向かう準備をする。

「葵様、大学院への行き方は、時計塔を目指していれば自《おの》ずとわかるかと」

「わかった、ありがとう！」

居場所を教えてもらい、下駄《げた》を履いて別荘を出る。

「あ、お蝶さん。こっちの小さなお弁当箱にも同じものを作ったから、お腹が空いたら食べて！」

「……………」

お蝶さんはぺこりと頭を下げて「行ってらっしゃいませ」とだけ言った。

「ええと、大学、文門大学」

文門の地の町並みは隠世《かくりよ》の中では変わっているが、現世育ちの私からしたら、少し懐かしい感じがするのはなぜだろう。

日本家屋の一軒家がないわけではないが、緑色の四角い集合住宅らしき建物が目立つ。

時計塔に近づけば近づくほど、さらに大きな施設が隣接し合っている。

緑のタイルの道も、昼間にみると爽《さわ》やかだしゴミひとつ落ちてなくてとても綺麗《きれい》に整えられているし、どこに何があるのかわかりやすい看板があちこちにあって、私を案内してくれる。どうやら文門大学は、時計塔の裏側にあるみたい。

看板の案内に従って時計塔の手前にある施設に入ると、なんと〝動く歩道〟に遭遇。

一般人でも中を通り抜けていいようになっているのだけれど、まるでどこぞの空港のように広々とした空間を、自動で動く歩道が突っ切っているのだった。

学院の生徒たちや、教師、研究者、医者、その他一般人などが利用し、せかせか歩いている。時間の惜しい人たちにとって、動く歩道ほどありがたいものはないということね。

かくいう私も現世育ち。

動く歩道は地元の駅にもあったし、お澄まし顔で歩いて行くわよ。

「わっ、おわ……」

しかし忙しく移動するインテリあやかしたちに押され、揉《も》まれ、私は動く歩道から弾《はじ》き飛ばされてしまった。現世のものとは違って、手すりが無かったからね。

なんなの、ここのあやかしたち。

現世の人間以上に動く歩道を使いこなし、時間に追われながら生活している。

「あれ。もしかして葵さん？　大丈夫っすか⁉」

「ん？」

竹籠を覗いてお弁当箱の無事を確認し、立ち上がって膝《ひざ》を叩《たた》いていると、前方から声をかけられた。

顔を上げると、そこには天神屋《てんじんや》の下足番長であり、文門狸の千秋《ちあき》さんが、積み上げられた本を抱えて、その向こうから心配そうな顔で私を覗いている。

「千秋さん！　そっか、文門の地に来ていたのよね」

「ええ。北の地で若旦那《わかだんな》様から預かった書簡を院長ばば様にお届けしてからは、ここで待機するように言われてるっす」

ヘラっとした人懐こい笑顔を浮かべて、千秋さんは簡単に説明してくれた。

「それにしても、本が重そうね、千秋さん」

「あはは。ちょっと頼まれたものを運んでまして。葵さんも何か持ってるっすね」

「これお弁当なの。大旦那様に届けようと思っていて」

「なるほど。大旦那様、結構大変だったようで、長い眠りからやっとお目覚めと聞いたっす。俺もまだ挨拶《あいさつ》ができていないのですが……」

千秋さんは何か考え込んだような顔をしていたが、私がじっと見ていることに気がつくと、またにこやかに微笑む。

「あの方はお弁当大好きっすからね。葵さんの弁当が食べたいはずっす」

「えっと……大旦那様のお弁当好きって周知の事実なの？」

「少なくとも俺が天神屋で働き始めた頃からそうだったっすね。移動の多い方なので、弁当を食べる機会が多いというのもあるでしょうが。しかし、いいっすねえ大旦那様は。葵さんの美味しい手作り弁当が食べられるなんて。文門の地出身の俺が言うのも何すけど、ここは〝飯の不味《まず》い土地〟としてあまりに有名っすからね～」

「え、そうなの？」

その時だ。午後二時を知らせる時計塔の大きな鐘の音が響いて、千秋さんはハッと顔を上げる。

「ああ、すみません葵さん。俺少し急いでるっす。文門大学はこの歩道をまっすぐ進んだところにあって、中央広場へは大通りを突っ切って一号館を越えてすぐっすから、そう迷うこともないかと。俺は大学の隣にある大図書館にいるので、大旦那様とゆっくりなさったら、ぜひ今度は大図書館の方においでくださいっす」

そして千秋さんは足早に動く歩道を歩いて行ってしまった。

大図書館、か。文門の地には、それは多くの本が集められているのでしょうね。

私は再び覚悟して動く歩道に乗り、流れに上手《うま》く乗って文門大学の敷地に降り立った。

巨大な校門を越えて、広々とした並木道を歩く。ここの大学生の臙脂《えんじ》色の羽織を着ているおかげか、誰も私を気にすることがない。人間だとも気がつかないのは、やっぱり他人に興味がないから？

「それにしても、ここが文門大学か。広いなあ」

私も少し前まで大学生だったからこそ、懐かしく感じるのかもしれないな。

退学の手続きもせずに隠世に来てしまった。今、私が向こうでどのような扱いになっているのか分からない。

多くの人に迷惑をかけただろうな。だけどもう、どうしていいのか……

「ええと、中央広場は一号館を過ぎたところにあるって言ってたっけ」

緑がかった灰色の壁の建物が一号館のようだ。パッと見た感じはコンクリート打ちっ放しの巨大な建造物のようで、現代現世の趣が感じられる。中心部を突っ切った通路は薄暗く、ひんやりとした無機質な冷たさが続く。

　通路の先が明るく、なんだか少しホッとした。駆け足で通路を抜ける。

「……わあ」

　そこは幾つかの建造物に囲まれた広場だった。高い建物が四方に聳《そび》え立っているせいで少し薄暗いが、上から差し込む光が幻想的でもある。

　地面には白い砂利が敷き詰められていて、真ん中に人工の小さな竹林がある。

　その周囲に学生が自由に座れる赤い椅子が点在しており、現世で言うところの、《モダン》でオシャレな空間なのだった。

　長椅子で昼寝をしている学生や、お気に入りの場所に落ち着き、本を読んでいる学生がちらほら。

　大旦那様はどこにいるのだろうかとキョロキョロしていると、

「あ、いた」

　大旦那様は、人工の竹林を囲む長椅子に座り、竹林から出てきた管子猫《くだこねこ》と戯れていた。

「大旦那様。まるで白夜《びゃくや》さんみたいね」

「おお、葵。迷わずここに辿《たど》り着けたね」

　学生服の大旦那様は、他の学生たちと変わらず溶け込んでおり、この人が天神屋の大旦那だったと分かるものはいないだろう。

なんていうか……いつものオーラすらない。完全に一般人、いや一般妖怪《ようかい》だ。

「大旦那様がお弁当が食べたいって言ったんでしょ。それなのに朝から勝手にどこか行ってるし。おかげでここに来るのに苦労したわ」

「そう難しい道でもなかっただろう。霊力で動く歩道もあるし」

「それが一番大変だったのよ。ここのあやかしたちは皆せかせかしてるし」

「言えてるな。長生きなのだからもう少し余裕を持って生きればいいものを」

「まるで現世の通学ラッシュのようだったわ」

大旦那様の隣に腰を下ろし、さわさわとそよぐ竹林の音を聞く。

ここの管子猫たちは、天神屋の裏山にいる子たちより奥ゆかしく、私に興味はありそうだったのだけど周囲をくるくる飛ぶだけで、最後はおとなしく竹林に戻っていった。

お昼寝の時間～とか言って。

「通っていた大学を思い出すわね。私の大学にも野良猫がいたのよ」

「葵はどんな勉強をしていたんだ。料理の勉強かい？」

「まさか、いたって普通の文学部の学生だったわ。地域ごとの文化なんかを調べてたの。料理は趣味というか、おじいちゃんに習いながら、自分で勉強してたから」

「ほお。しかし葵が様々な地域の郷土料理に詳しかった理由が少しわかったな」

「まあ、郷土料理はより興味深く調べてたからね」

まさか隠世で生かすことになるとは思わなかったけど。

「さあ葵。弁当だ。弁当を食べよう」

「大旦那様、お腹空《す》いてるの？」

「もちろん。朝飯は食べてないし、ずっと大学内をウロウロして、生徒に紛れて勝手に授業を受けたり、講義を聞いたりしていた。さすがに疲れたしお腹が空いたよ」

「なんて大胆な……一応、大旦那様はお尋ね者なんだけど」

「大丈夫。ここの連中に、僕の敵はそういないよ。なぜならここの連中にとって、敵とは同門のライバルか、己自身なのだから」

「……ちょっとかっこいい言い回しをして、誤魔化そうとしているわね」

仕方がないなあ、大旦那様は。

私は早速、竹籠からお弁当を取り出し、大旦那様に大きい方を手渡す。

「ほお。食火鶏《ひくいどり》だね」

「ええ。今日のお弁当は〝鶏の照り焼き重〟よ。大旦那様はきっと、鬼門の地の食火鶏が食べたかろうと思って」

「流石は僕の賢妻だ。やはり食べ慣れた食材というのは、しばらく食べてないとどうしても体が欲してしまう」

大旦那様はまず厚焼き卵を一枚食べてから、食火鶏の照り焼きを頬張った。

そして、見えてきたご飯を口に掻《か》き込む。

お腹が空いてたっていうのもあるでしょうけれど、美味《おい》しそうに食べてくれるなあ。それを見ているのが、とても嬉《うれ》しい。

「なあ葵。弁当を作ってくれたお礼に、お前の聞きたいことを一つ教えてあげよう」

「……え？」

それは、不意な提案だった。

大旦那様はいったい何を考えているのだろう。

「それは、どういうこと？　聞きたいこと……そりゃあ色々あるけど、え、一つ？」

私が少々混乱しているため、大旦那様は面白いものでも見てるかのごとくクスクスわらっている。

「ふふ。そうだな……ならこういうのはどうだろう。僕がこの文門の地にいる間、毎日弁当を一つ作ってもらう対価に、それ相応の〝真実〟を一つずつ語る、というのは」

「お弁当で……真実を……一つずつ？」

大旦那様、そんなにお弁当が食べたいのか……と思ったりもするけれど、お弁当で真実を教えてもらえるのなら、私も大旦那様に聞きたいことが山ほど有る。

ねえ、大旦那様の好物はなに？

私は
大旦那様の、本当の名はなに？

「…………」

だけど、今まで何度も尋ねてきたその質問が、なぜかすぐに口から出てこなくて、私は
そっと自らの口元に触れた。

せっかくお弁当を食べてくれて、大旦那様も教えてくれると言っているのに。

だけど……

好物や、本名。それが特別な意味を持っているのではないだろうか。

知ってしまったら何かが変わってしまうのではないだろうか……

言いようのない不安が胸に押し寄せてしまったのもあるが、なんだか、尋ねるべき順番
も違う気がしたのだ。

数多くの秘密が重なり、複雑に絡み合っている気がして。

「あ……えっと。ねえ、大旦那様はどんな学生だったの？」

とりあえず、出てきた質問がそれだった。

大旦那様にとっても意外だったのか、目をパチクリとさせていた。

だけど顎《あご》に手を添え、うーんと考えて……

「ふむ。僕の学生時代か。あの頃は夏葉《なつは》と、大湖《だいこ》串製菓《くしせいか》のザクロと、僕ともう一人将軍家
出身の男子学生とで四人班を組み、勉学に励んでいた」

「ザクロさんも!?」

「ああ。葵はザクロには会ったのかい？」

「え……ええ」

ザクロさん。南東の八葉《はちよう》であり、小豆洗《あずきあら》い。大湖串製菓の和菓子職人でもある。

宮中御用達の和菓子を作っているとかで、妖都で一度会ったことがある。私のお菓子には、色々と鋭い言葉を貰《もら》ったな。

「ザクロさんは、天神屋の初期メンバーの一人だったって」

「ああ。僕が大旦那になってすぐに、天神屋に誘ったんだ。うちには専門の菓子職人がいなかったというのもあるが、ザクロは自分の家業に違和感を抱いていたみたいだからな」

「夕がお……あの中庭の離れは、もともとザクロさんが使っていたものだって聞いたわ」

「ああ、そうだよ。ザクロは優れた菓子職人だったから、あそこで茶屋を開いていた。それが天神屋の一つの強みとなったわけだが……ザクロが去ってからは、ずっと上手くいかない、曰《いわ》く付きの場所となった。葵が来るまではな」

「……わ、私も、上手くいってるかと言われたら、微妙なところだけど」

「何を言う。数多くの結果を出してきておきながら」

お弁当を食べる途中で手を止め、自信なさげにうつむいてしまう私に、大旦那様は何か気が付いたのか。

「ザクロに何か言われたかい？」

「……私の料理は、一時的な流行でしかないって。後世には残らない……って」

「そうか。……今のあいつらしい言葉だな」

横目でチラリと大旦那様を見る。

なんとも言えない、そんな顔をして苦笑している。

「それに、葉鳥《はとり》さんに聞いたの。ザクロさんって……元々大旦那様の婚約者だったんでしょう？」

「え？　あっはははははは」

きょとんとした後、膝《ひざ》を叩《たた》いて大笑いする大旦那様。

「まさか。確かにザクロとは学生時代の友人ではあるけれど、そんな関係だったことは一度もない。むしろ僕はザクロに散々言われてきたというか……ハッ。もしかして葵、そのことが気になっているのか⁉」

「そ、そう言うわけじゃないけど！」

私は思わずそっぽを向いて、可愛げのない反応をしてしまった。

だってあまりに大旦那様が期待溢《あふ》れる顔をしてたから。

「まあ、なんだ。……ザクロはもう、僕を友人とも思っていないよ。天神屋を出ていったのも、僕が……邪鬼だと言うことを、知ってしまったからだ」

「…………」

大旦那様が〝邪鬼〟と言った。

私は再び、大旦那様の方に顔を向ける。真面目な表情の大旦那様は、より遠く、ここから見える四角い空の彼方《かなた》を見ていた。

「葵が僕のことをどこからどこまで知っているのか分からないが、僕は邪鬼として一度封じられていたことがある。五百年前に黄金童子様により、鬼門の地の地下深くより目覚めさせていただいたわけだ」

「その話は……少し、聞いたわ。封じられていたということは、封じられる前があったのよね」

「ああ。僕はね、千年前は現世で生きていたんだ」

「え、現世で？　そうだったの？」

というか千年前から大旦那様って生きてたの？

「生まれは隠世だったらしいのだが、生まれたばかりのころに、現世に逃がされたんだ。あの頃は、現世で言う所の、平安時代だったたね」

「平安時代……なるほど」

想像もできないほど遠い昔だ。大旦那様、その時代の現世を知っているなんて。

「邪鬼とは、いにしえの隠世の原住妖怪の一種だった。北の地の民と同じようにね。しかし常世《とこよ》よりやってきたあやかしたちとの抗争で、数多くが葬られ、封じられた。そもそも、その時代は邪鬼だなんて呼ばれ方はされていなかった。なんせ、邪鬼というのは、妖王家《ようおう》が我々を蔑《さげす》むために付けた名称だからね」

「……元々は、何というの」

「刹鬼《せっき》」

落とし込むように、大旦那様は秘密めいた小さな声で、そっと私に教えてくれる。

風が強く吹いて、こぼれた横髪を巻き上げた。

「僕らは邪鬼ではなく、もともとは刹鬼の一族と呼ばれていたんだ」

さわさわと、竹林の笹がそよぐ音が、やけに耳をくすぐる。

気がつけばもう学生たちはおらず、ここには私と大旦那様だけ。

大旦那様は教えてくれた。

強い力を持っていた原住の〝刹鬼の一族〟は、海の彼方よりこの地を見つけ出し移住の地としたかった常世のあやかしたちにとって、排除しなければならない悪者だったのだ、と。

「隠世原住のあやかしと、移住してきた常世のあやかしは、土地を巡っての抗争が絶えなかった。北の地の氷人族《ひょうじん》は、その特殊な体質と氷に閉ざされた地形の関係で生き残ったが、刹鬼の一族は戦いを選び、ほとんどが殺され、封じられたのだ。……刹鬼の一族も数多くの侵略者を殺し、喰《く》らったものだから、今でも極悪非道な言い伝えが残されている。初代の大妖王を殺したのも、刹鬼だからね。とはいえ、邪鬼と言う悪役を作り出したのは、自らの侵略の歴史を、正当化する意味もあったのだろう」

現妖王家や貴族たちは、常世よりやってきた侵略者。その末裔《まつえい》。

その事実を正当化するために、悪しき鬼退治は英雄譚《たん》として語り継がねばならないのだ、と。

「僕の両親は刹鬼の一族の中でもそれなりの地位にいた者たちだった。はるか昔の動乱の中、赤子の僕だけが、隠世から現世に逃がされた訳だ。僕はその後、密《ひそ》かに現世で生き長らえた訳だが、現世は現世で特殊なあやかし事情というものがあってね。そこでは鬼どころか、あやかしそのものが邪悪な存在とされ、忌み嫌われていた。あやかしを退治する術《すべ》を持った人間たちもいた。退魔師《たいまし》や、陰陽師《おんみょうじ》とかな。まあ、有名どころで安倍晴明《あべのせいめい》か」

「大旦那様、安倍晴明が現役だった時代を生きてたのね⁉」

それは私でも知っているビッグネームじゃないですか。

おじいちゃんも退魔師についてはは少し詳しそうだったし、現世のあやかしたちがそういう人間たちに退治されていたのは知っている。ゆえに、現世はあやかしにとって住みにくい場所だと。それは千年も前から、そうだったということだ。

「僕は隠世を知らずに育ったが、しかし現世が、自分の世界でないことを知っていた。まだ見ぬ故郷に、帰りたいと思うようになった。……そうそう。千年前の現世には異界への入り口を見つけるのが上手《うま》い鬼の友人がいてね。そいつと共に何度か現世と隠世を行き来するうちに、ある時から現世には帰らず、隠世で過ごすようになったんだ」

大旦那様は続けた。

「しかし、その頃はまだ刹鬼……いや、邪鬼への憎しみを覚えている者たちが多くいた。鬼には他にもいくつかの種族がいて、彼らは隠世というあやかしの世に混じり普通に生きていたが、やはり邪鬼は許されなかった。ゆえに僕は捕らわれ、邪鬼として封じられてしまったんだ。あの、鬼門の地の、地中の奥深くにね。情けないだろう。せっかく両親が現世に逃がしてくれたというのに、僕が隠世に戻ったせいで、この身を封じられてしまって」

「いいえ。いいえ」

私はただ首を振った。

「ただ……暗い場所に閉じ込められて、寂しくはなかった？」

大旦那様の話を聞いていて、思うことはたくさんあったが、まず出てきた言葉は、それだった。

大旦那様はちらりと私を見てから、ふっと小さく笑う。

「封じられていた時のことは、ほとんど覚えていないんだ。ただ、黄金童子様に目覚めさせてもらった僕は幼子の姿に退化していた。それで黄金童子様に育《はぐく》んでいただきながら、天神屋では愛称のごとく〝大旦那〟と呼ばれ、外では〝陣八《じんぱち》〟という偽名で過ごした。なぜ陣八だったのかというと、当時最も多かった人気の男児の名前で、目立つこともないだろうということで、この名を使うように黄金童子様に命じられたわけだ。とにかく邪鬼であることを隠し通さねばならなかったからな」

偽名……？　やはり、陣八という名は偽名。

「それからはまあ、子どもの鬼から学生の鬼になり、無事に大学を卒業できたので天神屋で働き、やがて大旦那を正式に担い、今に至る。今になって雷獣《らいじゅう》に化けの皮を剝《は》がされたのは誤算だったがな。あっはっは」

「わ、笑い事じゃないでしょ」

「笑ってしまうよ。だって僕は、約五百年もの間、この隠世のあやかしたちを化かし続けてきたのだから。鬼神なんて言われてね。あやかしにとって、これほど面白いことはないじゃないか」

クックと笑う大旦那様の、悪い顔ときたら。

やっぱり鬼だ。そう思う一方で、なんて悲しい歴史と過去を持つ存在だろうと思う。

知らなかった。何も。私はこの人のことを……

「これから……どうするの、大旦那様」

邪鬼であることがバレてしまったのだから、大旦那様のこれからは、今までとは違う。

すでに隠世の皆が、大旦那様が邪鬼であることを知っている。

強く、酷《ひど》い言葉で、邪鬼である大旦那様を罵《ののし》っている。

それだけ、ここ隠世にいる今のあやかしたちの中で、邪鬼とは忌み嫌われる存在なのだということだ。

大旦那様は両手を長椅子の後方について、空を見上げつつ、

「そうだなあ。このまま、現世にでも行こうか。今の現世は、土地さえ選べばあやかしも住みやすいよ。浅草《あさくさ》とか」

「何よ、それ」

「葵。お前もそろそろ、現世が恋しいのではないか。僕と一緒に、何もかも忘れて、逃げてしまおうか」

「…………」

まさか、大旦那様の口から、そんな言葉が出るとは思わなかった。

それは、確かにそれは、苦しい現状から逃れる策の一つかもしれないけれど。

「冗談やめてよ。……大旦那様は、もう天神屋の大旦那に戻る気はないの？　天神屋の皆は、大旦那様を取り戻すために頑張っているのよ」

「戻りたくとも、戻らないほうがいいという時もある。僕は、天神屋の従業員、全ての運命を握っているのだから」

大旦那様の表情は怖いくらい晴れやかで、私はもう、大旦那様は何か大事なことを決めてしまっているのではないかと、胸騒ぎがした。

お弁当は、モヤモヤしているうちに、食べてしまっていた。

「あ……っ、そうそう。さっき千秋さんが、大図書館へおいでくださいって言ってたわ」

食べ終わった弁当箱を手拭《てぬぐ》いで包み竹籠《たけかご》に入れながら、私は千秋さんと出会ったことを思い出し、こんな風に話題を変えてみた。

「ああ、千秋か。ここにいると聞いていたな」

「たくさんの本を抱えて、急いでいるようだったわ。相変わらず忙しい人なのね」

「千秋は働き者だからな。僕も大図書館へは久々に行きたいし、千秋にも会いたい。よし、じゃあ今からは図書館デートだね」

「……大旦那様も相変わらずよね」

というわけで、私たちは早速文門の地にある大図書館へと向かう。

それは大学のすぐ隣にある、緑のレンガ造りの古い建物だ。近代的な建造様式だった大学に比べて、こちらはレトロというか、何というか。

「傍に大きな木があるだろう。あれ、栗の木だよ」

「ああ、そういえば千秋さんが言ってたわ。文門の地の大図書館には栗の木があるって。狸は栗や木の実が好きだって」

「そうだ。もうすっかり葉も散っているけれど、秋になると下にたくさんのイガグリが落ちていてね、図書館の司書たちが焼き栗を振舞ってくれたものだ」

建物に入ると、緑の絨毯《じゅうたん》の敷かれた廊下に様々な世界の、名画のレプリカが飾られているみたいだった。現世でよく知られているものもある。

大旦那様いわく、文門の地は異界の地の文化や歴史、技術を調査し、保存する役割もあるということだった。

一般人が自由に本を読んだり借りたりできるエリア、学生が自由に勉強できるエリア、研究者や学者のみが入れる専門書が収容されているエリアなど、幾つものエリアに区切られており、この時間帯だと人はまばらだ。

年末ということもあって、一般人は特に少ない。

「わあ」

一般図書室に入ると、壁一面の本棚と無数の書物を前に、目眩《めまい》がしそうになる。

籠もった古書の香りに、なんだか懐かしい気分になったり……

「むかしむかしのお話。おじいさんは山に柴《しば》刈りに、おばあさんは川に洗濯に……」

子どもたちに絵本を読み聞かせている、優しい女の人の声が聞こえる。

子どもたちが熱心に物語を聞いている顔が、ここからでも見える。

「ああっ！」

その時だ。

二階からの素《す》っ頓狂《とんきょう》な声が静寂を破り、びっくりして体が跳ねた。

顔を上げると、千秋さんが二階の手すりから身を乗り出している。

大きな声を出してしまったので、読書している人々がギロリと彼を睨《にら》み、千秋さんは慌てて口を押さえる。へこへこしながら急ぎこちらまで降りてきて……

「大旦那様、大旦那様！　お久しぶりっす。院長から聞いておりましたが、よくぞご無事で……っ！」

「ああ、千秋。お前にも裏で色々と助けられた。よく頑張ってくれたな」

「ええ、ええ。よかった〜」

千秋さんは久々に再会した元気な姿の大旦那様に、涙を浮かべて喜んでいた。

「ところで千秋。院長殿に聞いたが、お前の新妻が図書館にいるとか」

「え？　あ、あはは。本当ばば様ったら口が堅いのに口が軽い……」

千秋さんは苦笑いだったが、私はワンテンポ遅れて「ええっ」と声を上げてしまう。

大きな声が出てしまい、またもや周囲の読書家の痛い視線がこちらに集中。

私たちは一旦《いったん》、廊下に退去する。

「千秋さん、いつの間に結婚したの!?　だだだ、誰と……っ」

「落ち着いてください、葵さん。学生時代からの付き合いなんで、大旦那様と葵さんのような新婚さんのいちゃいちゃ感はないっすけど」

「新婚でもなければ、いちゃいちゃもしてませんけど！」

「いやー、俺からすれば十分新婚さんっぽいと言いますか……」

後頭部を掻《か》きながらヘラヘラして、でもどこか気恥ずかしそうに視線を横に流す千秋さん。

「まあ俺の場合、元々婚約者ではあったんすけどね。色々あって、先日籍を入れました。こんな俺が結婚なんて、とも思うっすけど」

その話、天神屋の仲居の女の子たちが聞いたらショックな子も多いでしょうね。

大旦那様はそんな千秋さんの肩をポンと叩《たた》いて、

「千秋、大丈夫だ。お前は常に腰を低くしているが、実際はとても優秀な文門狸《ぶんもんたぬき》なのだから。大学を首席で卒業した頭脳を持っていながら、下足番として客に気遣う心を養い、すぐに各地を飛び回る足の軽さも持っている。それらはなかなか兼ね備えているものはいないよ。妻を気遣う良き夫になるだろう」

「ありがたいお言葉っす、大旦那様」

「…………ええっ⁉　千秋さん大学を首席で卒業したの⁉」

「葵、お前はさっきから驚いてばかりだな」

大旦那様のありがたいお言葉に感激している千秋さんより早く、私が空気を読まない反応を繰り出すものだから、大旦那様も少し呆《あき》れている。

「あ、あはは。ま〜、それが当たり前と言われて育てられる一家っすからね。俺も勉強嫌いじゃないですし」

やはり謙遜《けんそん》する千秋さん。

日頃の下足番としての姿しか見ていなかったら、気づかない一面だ。千秋さんの気さくでノリが良くて手の届きそうな感じが、仲居の女の子たちに人気だって聞いてたけれど、どうしてなかなかスペックが高いわよ……

「ささ、大旦那様も葵さんも、どうぞこちらへ。面白いところへご案内しましょう」

千秋さんは下足番さながらの腰の低さで、私のもっていた風呂敷《ふろしき》すら代わりに持ってくれて、案内をする。

ここは天神屋じゃないぞと大旦那様につっこまれていたが、千秋さんはそれがやりたいのだと、やはりおおらかに笑っていたのだった。


「大旦那様、葵さん、ここが大図書館の歴史古書管理室です」

「歴史古書管理室？」

「ええ。隠世の歴史、常世の歴史、はたまた現世の歴史に関する重要な書物を保管している部屋で、ここに入れるものは限られています。俺は一応その手の学者でもあるので、自由に入れるんすけどね」

「僕らは大丈夫だろうか」

「ええ。院長ばば様から許可は頂いてますし、あなた方に、お話をしておきたいこともありますしね」

千秋さんは意味深な言葉をこぼし、歴史古書管理室の扉の前に掲げられている丸い石に、その手をかざす。

すると扉が自動で開いた。なんてハイテクな……

薄暗く、誰かがいる気配も無い、高さのある本棚によって区切られた部屋。

古い本の匂いが一層立ち込め、不思議な心地になる。

この図書室の奥には広々とした木の机があり、大量の本が積み上げられていて向こうが見えなかったのだけれど、

「千秋君、例のブツ買ってきてくれたー……って、あ」

ひょっこりと誰かが現れた。うねりのある珈琲《コーヒー》色の髪を肩で切りそろえた、ほっそりとした首が印象的な、小柄な女性だ。キリッとした涼しい目元をしていて、春日《かすが》や千秋さんとは少し違う印象を受ける。

「あああああっ！　ちょっとやだ、人を連れてくるなら先に言っといてよ千秋君。髪ボサボ

サのままだよ！」

「いやー、そこでばったり出会ったから〜。髪はいつもそんな感じっすよ」

ひょっとして、ひょっとしなくとも、この女性が千秋さんの……？

女性は、千秋さんの後ろで髪を整えている。

「あー、すみません。こんな感じなんすけど、紹介するっす。こちら大図書館の司書をしている文門狸の楓《かえで》さん。先日、入籍しました。俺の妻です」

大旦那様が深く頭を下げるので、私もそれに続き、頭を下げた。

「初めまして、奥方殿。僕は天神屋の大旦那。こちらは妻の葵です」

「え？　堂々と妻？」

いやもうこの際、訂正も面倒だ。私は「津場木《つばき》葵です」と名乗る。

「やだ！　やっぱりそうなんじゃないかって思ってたんです！」

楓さんは羽織も整え、千秋さんの後ろから出てきた。

「慌しくて申し訳ないです。ご紹介の通り私は楓と申します。歴史古書管理室の室長兼司書をしております。ついでに千秋の妻です」

「ついでにっすか」

さっきまでの取り乱しようは何だったのかというくらい、キリッとした表情でハキハキと名乗る楓さん。

「僕がここにいることを、あなたは存じているみたいですね」

「ええ。天神屋の大旦那様について、院長より話は聞いています。私はその件で少し調べ物をしていましてね。……隠世の歴史。それも、隠され、嘘で固められたかつてのこの地の支配者〝刹鬼〟について、です」

「…………」

「……かつてのこの地の、支配者」

私は隣にいた大旦那様を見上げた。大旦那様は真面目な顔のまま、静かに目を細めている。それはさっき大旦那様に聞いた話に、繋《つな》がることだと……

「それはそうと楓、お昼のお弁当のお使いだったけど、学院内の食堂や売店は今日から閉まってて、もう何にも売ってなかったっすよ。おかげで商店街の店まで行っておにぎり買ってきたっす」

「ああ、ありがとう。もうお腹ペコペコ。でも食堂や売店が無いと不便だねえ」

千秋さんが懐から取り出したのは、現世でもよく見るタイプの、海苔《のり》を後から巻くコンビニおにぎり。

今や隠世にもこのタイプのおにぎりがあるのかと、びっくり。コンビニらしきお店がちらほらあるのは知っていたけれど、ちゃんとこういう、コンビニらしい商品も売っているなんてね。

「葵さんは馴染《なじ》み深いでしょう」

「もちろん。頻繁に食べてたわけじゃないけど」

私が興味深くコンビニおにぎりを見ていると、

「僕は現世出張でよく食べるよ。梅とツナマヨが好きだね」

「へえ。……大旦那さまは、手作りの海苔がしっとりしたタイプのおにぎりより、コンビニおにぎりのほうが好き？」

「いやいやっ、葵の手作りおにぎりの方がそりゃあ百倍好きだよ！　いや五百倍。いや百万倍は好きだ！」

「だ、大丈夫よ大旦那様。そんな……落ち着いて」

私は別に試したわけではなく、コンビニタイプのほうが好きなら海苔を後から巻けるおにぎりをどうにかして作ろうかと思っただけなのに。

大旦那様が慌てて弁解するのが面白く……そしてちょっと嬉《うれ》しくて、思わずふふふっと笑ってしまう。今度梅とツナマヨのおにぎりを作ろうと思ったりした。

「ねえ千秋さん。文門の地には、特産物や名物料理ってある？」

「それなんですがね。実のところ、文門の地は目ぼしい特産物や名物料理はありません。あ、栗の甘露煮なら人気商品があるっすけど。でもそれくらいっすね。地元に帰る学生などは、これといった手土産が無いので、もう工場で作ったコンビニ風おにぎりなんかを土産に持って帰ると言ってるっす」

「あ、ああ。確かに珍しいしね」

この話に付け加える形で、楓さんが、

「文門の民は忙しく手間暇を惜しむので、簡単に栄養を取れる料理、手っ取りばやく食べられるものばかりが発展してきました。料理店も味より速さや回転率重視で料理を提供する店ばかりで、基本的にうどんかそば、作り置きしたお惣菜《そうざい》、あらかじめ工場で作ったものを出す始末です」

「そうそう。それが文門の地に来た他の地のあやかしたちからすれば、不味《まず》くて食えたもんじゃないらしいっす。ここにいるとそういう感覚が麻痺《まひ》するんっすけどね～」

「それに、この地では女性も働いている者が多いですし、私も料理は全くできません。基本ささっと買ってパパッと食べられるものを選びがちです」

「それで旦那《だんな》を使いっ走りに使うのはどうかと思うっすけど～……あたた」

文句をこぼしてしまった千秋さん、楓さんに頬をビッと引っ張られて、涙目になっている。

「ねえ、千秋さん。結婚したってことは、千秋さんこれからどうするの？　春日のように、天神屋をやめて文門の地に帰るの？　それとも楓さんが鬼門の地に？」

「いや～、お互いに仕事大好きっすから、通い婚になりそうっすね。週末に俺が文門の地に帰る、みたいな」

「週一なんて頻繁に帰ってこなくてよろしい。旦那元気で留守がいい。以上」

「ほらー、こんなこと言うんすよ。可愛くないっすよね〜。っていてててて っ」

今度は千秋さんの横腹をさりげなくつねる楓さん。

なんだかんだと言って、ラブラブだなあ……と思う。

それにお互いの仕事を尊重し合っているなんて、今時の夫婦らしくて憧《あこが》れる。

「葵は、僕と結婚したらどうしたい？　夕がおを続ける理由はなくなるが」

「うーんそうねえ、でも夕がおは続けたいわね。せっかく軌道に乗り始めた……し」

そこまで言って、私はぼっと頬を染めた。

何。何で。

何で私、当たり前のように大旦那様に嫁入りした後のことを考えているの⁉

「ふむふむ。やはり今は女性も働く時代か。僕は葵の野望を応援したいから、やはり天神屋の大旦那に戻るべきか〜」

「なんでそこが大旦那に戻るか戻らないかの重要ポイントになってるの⁉」

私たちがボケたり突っ込んだりするものだから、千秋さんも楓さんも、お互いに顔を背けてクスクス笑っている。

それを見ると、私も何だか笑ってしまった。

こんな風に笑っていると、忘れてしまいそうになる。

こんな平和な時間が過ぎていく一方で、刻々と、全てが決まる決着の時は近づいているということ。

ここまできたら、私にできることなんてもうほとんどない。

だけど、じゃあ、ここで何をすればいいのだろう。

何でも良い。一つでも何か、大旦那様や天神屋の救いになるような、小さなうねりを作りたい。

「大旦那様、今晩は何が食べたい？」

大図書館からの帰り道、時計塔を背に歩きながら、私は大旦那様に早速今晩の夕食について尋ねた。

「そうだなあ、やはり新婚といえば肉じゃが……か」

「それどこの知識？　大旦那様が食べたいだけじゃないの？」

「そう受け取ってくれても構わないよ」

やはりただ肉じゃがが食べたいだけみたいだ。

大旦那様は、意外と素朴な家庭料理が好き。

「わかったわ。でもひなげし荘には牛肉もジャガイモもニンジンも無いから、どこかで買って帰れたらいいんだけど……」

「それなら良い店があるよ。来る時に気がつかなかったかい？」

「あ、ほんとだ。坂の下に大きなお店……って、スーパー⁉」

ちょうど拠点であるひなげし荘の坂の麓《ふもと》に、〝スーパーもみじ本店〟って堂々と看板を掲げたお店があった。

文門の地には〝ポンポコマート〟というコンビニと〝スーパーもみじ〟というチェーン店があるとのことだ。

しかし夕方の一番混む時間帯だというのに、スーパーの生鮮コーナーにはあまり人がおらず、お惣菜やお弁当のスペースが広々と充実しており、そちらが死ぬほど混んでいた。

「やっぱり、みんな調理されたお惣菜やお弁当の方を買って行くのね」

「文門の地は男女共働きが多く、自炊する家庭はあまりないと聞く。それもまた、この地独特の事情と言えそうだね」

「お料理面白いんだけどなー」

しかし確かに、料理は凝ろうと思えば思うほど手がかかるものだし、残りの食材を意識しながら日々の献立を考えるとなると結構大変だ。要するに、面倒臭い。

「私の場合、もともと趣味だったし今はお仕事だから楽しいって言えるけど、そうじゃない人からしたら、本当に面倒でしょうね」

「しかし葵の料理は時短料理が多いと聞く。パパッと作れて、なおかつ美味《おい》しいと。そういう料理本でも出したら、働きながらも手料理を作る母親の助けになるかもしれないな」

「ふうむ。料理本かあ……そんなもの私に作れるかな」

本の出版なんて私には遠い世界のことのようで、いまいちピンとこないんだけど、そういう商売もあるということか。

借金返済のビッグチャンスになったりしないかなー……なんてね。


さて。別荘に戻り、早速台所に立った。

スーパーもみじの本店というだけあって品揃えがよく、買い物が捗《はかど》ってしまった。

特に面白いと思ったのが、現世風のコンビニやスーパーに売ってそうな食パンが売られていたり、レトルト食品や加工食品もあったのよね。

今までも現世の食材をこちらで見かけたことはあったけれど、それは現世から輸入しているものばかりだった。文門の地ではそれらを研究し、独自に開発して売り出していると いうのが、面白い。

大旦那様が暇そうにしていたので、夕方の縁側で絹さやの筋取りを頼んでみる。嬉々《きき》としてやってるのが、大旦那様らしいというか。

「葵様、何かお手伝いしましょうか」

お蝶さんがどこからともなく現れ、お手伝いを申し出てくれたので、後で作るお料理のために、お豆腐の水切りをお願いした。

「そうだ、お蝶さん。お昼に作ったお弁当を食べてくれたのね。お弁当箱も、洗っておいてくれてありがとう」

「いえ。当然のことです」

やはりお蝶さんはクールだ。黄金童子様の眷属《けんぞく》なだけあってしっかりしているし、手際も良い。お料理も一通りできると言っていたので、日頃は彼女がこの別荘を訪れる客人に手料理などを振舞っているのだろうな……

さあて、肉じゃがだ。

煮込む過程を省いた時短鶏《とり》じゃがを好んで作る私だが、今回は王道の肉じゃが。

使うのは薄切り牛肉と、ジャガイモ、ニンジン、玉ねぎ、白たき、絹さや。

醤油《しょうゆ》、砂糖、みりん、酒などで煮汁を作り、しみしみホクホクの美味しい肉じゃがを作りましょう。

大きめのお鍋《なべ》でお肉をしっかり炒《いた》めたら、乱切りにしておいたニンジンやジャガイモ、くし切りの玉ねぎもお鍋に加えて炒める。調味料を加えてしばらく煮込み、のちに白たきを加えてまた煮込む。落し蓋《ぶた》をして。

その間に、副菜であるほうれん草とニンジンの白和《しらあ》えを作りましょう。

「明日《あした》のお弁当のおかずにもなるしね、白和え」

大旦那様はここにいる間、毎日一つお弁当を作る代わりに、一つずつ真実を教えてくれると言っていた。なので、明日もお弁当を作ることになるだろう。

それはさておき、私は白和えがとても大好き。

和食の定番だし、おじいちゃんも好きだったから、アレンジを加えた白和えをよく作っていた。レンコンの白和えや、アスパラガスとコーンの白和え、菜の花の白和えなどなど。

でも今日は王道の、ほうれん草とニンジンの白和え。

ほうれん草はさっき大旦那様と買い物に行った時に買った。さっと湯がいて、冷水で冷やして水気を絞り、三センチ幅で切る。ニンジンは細切りにして塩で揉《も》んでおく。

白和えはゴマの風味と豆腐の甘みが決め手となる。

急ぐ時は普通のすりごまを使うけれど、今日はちょっと手間をかけ、ゴマを鍋で軽く炒《い》ってからすり鉢と擂《す》り粉木でよく擂る。

油がにじみ出てきて、香ばしいゴマの匂いがふわりと立ち込める。

そこに先ほど水切りしておいてもらったお豆腐を加えて、滑らかになるまで擂る。

お出汁《だし》、薄口醤油と砂糖を加えて混ぜ、最後に野菜を入れて和えるだけ。

これで白和えは完成だ。

「葵様、肉じゃがの煮汁がそろそろ無くなりそうです」

「ああ、頃合いね」

肉じゃがの鍋を覗《のぞ》く。ああ、いい匂い。

一度具を軽く混ぜてから、火を消してまた落し蓋をしておいた。

その間に、残った野菜の切れっ端を使ったお味噌《みそ》汁を作って、私は大旦那様を呼びに行く。大旦那様は絹さやの筋取りを終え、縁側から薄暗くなった冬の空を見上げていた。

ここから、緑の妖火《ようか》に照らされた、細長い時計塔がよく見える。

「大旦那様、もうすぐご飯よ」

「うん。ちょうどお腹が空《す》いているよ」

「……そこ、寒くないの？」

「少し。でも冬の夜の匂いが好きでね。なんだか、たまらない気分になる」

そんなことを言って、また夜の空を見上げる大旦那様の佇《たたず》まいが、私には少し寂しく見えた。遠いどこか、私の知らないどこかを、懐かしんでいるように見えるのだ。

やっと会えた。だけど、まだ遠い。

大旦那様のほとんどを知らない。

もっともっと大旦那様を知りたい。あなたの望みが……

だけど、知るのが怖いとも、思ってしまう。

「…………」

密《ひそ》かに首を振って、絹さやを持って台所に戻り、食事を仕上げてしまって居間に運んだ。

大旦那様はもう縁側を閉めてしまっていて、部屋を暖かくして待ってくれていた。

こたつもあるし。

今朝はなかったはずなんだけど、どこから持ってきたんだろう……

「うん、美味《うま》い。肉じゃがはどうしてこう食欲をそそるんだろうね。結婚したら日々の食卓はこんな感じだろうか。楽しみだね葵」

「なんでもう当たり前のようにそういう話してるんですかね」

大旦那様は肉じゃがを味わいつつ、相変わらず冗談なのか本気なのかよくわらないことを言って私を翻弄《ほんろう》する。

けれど、確かにこの夜は、小さな部屋で小さなこたつを囲み、素朴で温かな食事をゆっくりと食べる……そんな穏やかな時間を、久々に過ごしたと感じた。

まるで、おじいちゃんに引き取られ、共に食事した日々のよう。

そして、思ってしまった。

こんな時間が、ずっと続けばいいのに。

「あのね、大旦那様」

「……ん？」

「…………」

何も変わらず、何も、暴かれず。

あなたのことも。私の心も。

「いえ……なんでもないわ」

だけど、そういうわけにもいかないことを、私も大旦那様も知っている。

大旦那様が私に〝真実〟の全てを教えてくれたなら、今度は私が、大旦那様に告げなければならないことがあると思う。

第三話　五色和風サンドのランチボックス

久しぶりにあの夢を見た。

暗い部屋で、真っ白な面のあやかしが差し出した〝何か〟を食べた夢。

この食べ物を持ってきてくれたのは、銀次《ぎんじ》さんだった。

だけど、じゃあこれは〝何〟。

この時、私は、何を食べてしまったというの。

それは運命を変える食べ物だと、とても希少なものだと教えてもらったけれど、銀次さんはそれ以上は言えないと言っていた。

私はまだ、自分を救ってくれたこれが、一体〝何〟だったのかを知らない。

◯

「……うう、さむい」

とても静かな朝だった。今日はしっかりと、人間らしい朝に起きることができた。

寝室には暖房の妖火《ようか》が備わっているけれど、やはり冷え込んでいるので素早く着替えて台所へ向かう。

大旦那《おおだんな》様は、日々お弁当を作ることと引き換えに、一つずつ真実を教えてくれると言っていた。

今日は何を作ろう。というか大旦那様は今日、何をするつもりなのかな。

「って、もう起きてるし」

居間を横切ろうとしたら、大旦那様が庭の池の鯉に餌やりをしているのを発見。

私、何とも言えない脱力感に見舞われる。

「おはよう葵《あおい》。寝起きの葵を見るのは新鮮だ」

「大旦那様っていつもこんなに早起きなの？　あやかしなのに？」

「遅く起きたら葵の作る朝ごはんを食べられないだろう。弁当も楽しみだが、朝ごはんも好きだからね。僕は昨晩床に入る時から、もう翌日の朝ごはんが楽しみで楽しみで」

「成長期？　大旦那様は成長期の男の子なの？」

相変わらず掴《つか》みどころの無い人だなあ。

昨日から思ってたけど、大旦那様ってば鬼とは思えないゆるゆる加減で、こんな人が邪鬼として恐れられているだなんて……やっぱりおかしいわよ。

だって朝ごはん楽しみすぎて早起きしてしまう鬼なのよ。

庭の鯉に餌やりしてる鬼よ。餌の奪い合いで暴れる鯉にびしゃびしゃ水をかけられてる鬼よ。

「わかったわ。朝ごはん、定番のものでいいわよね」

「もちろん。僕は普通の家庭の朝ごはんが好きだよ、普通の」

「はいはい。どうせ私の作るご飯は普通の家庭のご飯よ」

「そこがいいんだよ。ところで何か手伝うことはあるかい？」

「んー、いいえ。朝ごはんは昨日から仕込んでいたし、本当に簡単なものだからささっと作るわ。大旦那様は、そうね、やることないなら花の水やりしてて」

「それはもうした」

「う、うーん。じゃあ草むしりしてて」

「……わかった！」

そのまま掃除道具を取りに行く大旦那様。それを見送りながら、台所へ。

本当に、なんでもない一日の始まり。なんでもなさすぎて、少し怖い気もする。

「ううん、考えても仕方ないわ。私は大旦那様に、美味《おい》しいお弁当を作らなくちゃ。それが今回の私の使命」

今はただ、大旦那様と過ごせる時間を大事にしよう。

私だって、全てを聞いた後に、ちゃんと大旦那様に伝えなければならないことがあるもの。

「あれ」

台所の冷蔵庫を開けると、氷柱女《つららおんな》の氷に囲まれた何かがあった。

何だろうと思って取り出してみると、何と、今が旬の真鯖《まさば》の切り身ではないか！

「え、え？　どうしてこんなところに⁉　私買ってきた覚えないけど」

このタイミングで勝手口が開いて、大旦那様がドヤ顔で「僕が買ってきた！」と……

「朝一で魚屋まで行って、生食用の鯖を買ってきたんだよ。西の地、北西の地の海では、この時期に取れる真鯖が美味い。本来寄生虫などの問題で生食は危険だと言われているが、このあたりの海でとれた真鯖は、生食ができるんだ。葵にも食べさせてあげたいと思ってね」

「へええぇ。九州の海でとれる鯖みたいね。嬉《うれ》しい、ゴマサバ作ろうかしら！」

「いいね。新鮮なうちに食べたほうがいいだろうからね」

「ええ。豪華な朝ごはんになりそう。ありがとう大旦那様！」

お礼を言うと、大旦那様は満足げに、また庭掃除に向かった。

大旦那様、もしかしてそれで早起きだったのかしら。

「なんだ。北西の地、ちゃんと探せば、面白い食材あるじゃない」

ホクホクしながら、早速調理する。

ゴマサバってのは鯖の品種のことではなく、福岡博多《はかた》の郷土料理。

大旦那様の買ってきてくれた、刺身用の鯖の切り身を食べやすい幅で切って、醤油《しょうゆ》、みりん、酒、すりおろし生姜《しょうが》、すりごまを混ぜたタレに漬け込む。これだけ。

「よし。ゴマサバ漬け込んでる間に、他のおかずを作っていかなきゃ。昨日の残り物の白和《しらあ》えがあるから、あとは……紅生姜入りのふっくら卵焼きと、根菜のお味噌汁ね」

台所にはいっぱい卵があるので、卵料理をするには事欠かない。

紅生姜入りの卵焼きは、普通の卵焼きよりちょっぴり大人の味。

昨晩作っておいた手作りマヨネーズが隠し味。ひとつまみのお塩とお砂糖を加えて溶き、卵焼き器で卵を薄くしっかり焼きながら、紅生姜をパラパラと加えて巻き込んでいく。

焼きたてをポンとお皿に載せ、ぷるんと揺れる黄色い卵焼きにニンマリ。

紅生姜の香りもほんのり漂ってくる。

根菜のお味噌汁は野菜の切れっぱしを使った、いつもの私の味。昨晩から取っていたいりこ出汁と、合わせ味噌でぱぱっと作ってしまう。

「葵!」

そんな時、勝手口の戸が慌しく開かれ、天神屋《てんじんや》のカマイタチのような作務衣《さむえ》姿で庭仕事をしていた大旦那様が現れた。

「ちょ、ちょっと大旦那様。朝ご飯はもうすぐよ」

「いや、朝ご飯が待ちきれず飛び込んできたわけじゃない。千秋《ちあき》が訪ねてきたのだ」

「千秋さん？」

　大旦那様の後ろから、天神屋の下足番、千秋さんが顔を出す。

　なんだか申し訳なさそうな表情で……

「あの〜葵さん。今日なんですけど、十人前ほどお弁当を頼めないでしょうか」

「十人前？　どうしたの、いったい」

「ええ、その。大学の寮に残る学生が十人ほどいて……。寮の食堂が閉まってしまうのと、彼らがあまりに適当な食事で済ませて自分の研究や勉強、趣味に没頭しているので、院長ばば様に彼らの食事をちゃんと用意するよう言われたっす。出来ることなら葵さんに頼んでみたい、と」

「はあぁ、なるほど。学生にとっても、良い機会だね」

　大旦那様が後ろの千秋さんに視線だけを送り、クスクス笑う。

「ええ。現世《うつしょ》の人間がこしらえた弁当だと言って振舞えば、食べ物に興味のないあの子たちも、さすがに好奇心を刺激されるだろうと。あ、でもそれほど気張る必要はないっす。葵さんの手料理ってだけで、もう十分あやかしにとって価値のあるものなので」

「そんな風に言われてしまうと、断れなくなっちゃうわね。いいわ、十人前くらいなんてことないわよ。どうせそこの大旦那様のために作る予定だったし」

「い、いいんすか⁉　わあ、すみません、大事な時に。ありがとうございます」

千秋さんはペコペコ頭を下げる。

ついでだから朝ご飯も食べていけと大旦那様に誘われて、千秋さんも一緒に朝食をとることになった。

「今日は豪華な朝ごはんよ。大旦那様が朝から生食用の鯖の切り身を買ってきてくれたから、ゴマサバを作ってみたの。北西の地の鯖は生で食べられるって」

「そーなんすよ！　地元民ですら忘れかけてましたが、そういえば鯖があったっすねー。特産物らしい特産物」

私は大旦那様や千秋さんに、炊きたてのご飯をお茶碗《ちゃわん》によそって手渡す。

ゴマサバは小鉢に入れて、小口切りした青ネギを散らして朝食の一品として出した。

そのまま食べても美味しいし、ご飯にのっけて丼にしても美味しいし、お茶漬けにしても美味しい。

「文門《ぶんもん》の地《ち》の人たちは、生で鯖を食べないの？」

「いえ、もちろんよく食べるっすよ。でも寿司《すし》や刺身で当たり前のように食べていたので、生食できる鯖が珍しいということを忘れていたっす」

待ちきれず、早口で「いただきます」と言って、私は早速ゴマサバを一口頂いた。

ゴマの風味とすりおろし生姜のキリッとした香り、お醬油の味が絡んだゴマサバ。新鮮な鯖特有の歯ごたえと、臭みのない引き締まった身に、自然と「ああ幸せ」と頬が緩む。

朝からなんて贅沢《ぜいたく》な。

もう少し時間をかけて漬けておくと味が染み込むけれど、漬ける時間が短くとも、新鮮な鯖の味をより堪能できて美味しい。

千秋さんはご飯にのっけて丼にしている。青魚の銀色の皮、そして身の赤が綺麗《きれい》に重なる、豪華な丼だ。

一口一口嚙《か》み締めながら食べ、そして箸休《はしやす》めに白和えをつまみ、味噌《みそ》汁を一口する。

「いや〜、葵さんの手料理はやっぱり体に染みますね。味付けが絶妙ですし、出来立てのご飯は今日一日の活力になるっす」

大旦那様は紅生姜入りの卵焼きを食べながら私たちのゴマサバに悶《もだ》える様子をニヤニヤしてみていたんだけど、やがて自分もゴマサバの小鉢をつつき、一口目でこれだと言わんばかりに頷《うなず》く。

「うん。やはり新鮮な鯖は生に限る。鬼門の地だと焼き鯖か締め鯖くらいしか食べないから、ここにいる間に一度は食べようと思ってたんだ」

「あら大旦那様。私に食べさせたいとか言ってたくせに、本当は自分が食べたかったんじゃない？」

「ん？　あーまあ……いや！　やはり夫というのは、自分が美味《うま》いと思うものを愛する妻にも食べさせてあげたいと思うものだろう」

などと取ってつけたような理屈を語る大旦那様。まあ、美味しいのは確かだからいいんだけどね。

「いやー、やっぱり大旦那様は良い旦那《だんな》様っす。俺も今度、楓《かえで》に新鮮な鯖を買って行ってみようかなー。あ、でも誰も調理できない」

「何。ゴマサバの作り方を葵に教わっておくといいよ。千秋が作ってあげればいいんだ」

「なるほど。それは名案っすね」

「これからは夫も家事をする時代。僕もそろそろお手伝いから脱却し、使える夫を目指さねば……」

「…………」

ここに新米夫の同盟が完成し、二人で使える夫とは何か、というよく分からない話を熱心にしている。

私はそんな二人を観察しつつ、黙々とゴマサバを食べたのだった。

あー、ゴマサバ美味しい！

「うっ。朝から食べ過ぎたかも」

美味しいゴマサバのせいで、ご飯を大盛りでお代わりしてしまった。途中、お茶漬けにもしてしまった。

だけど、千秋さんがここへ来たのはゴマサバを食べるためではない。私にお弁当の依頼をしに来たのだ。

食後にお茶を飲んで一息つくと、さてどんなお弁当にしようかと、話し合いを始める。

定番の幕の内？　のり弁？　唐揚げ弁当？

「んー、でもお弁当となるとやっぱり冷めちゃうからなあ。冷めても美味しいものがいいと思って具を少し凝ったサンドウィッチにしようと思ってるんだけど、どうかな」

「おお、サンドウィッチ。僕も現世でよく食べるよ」

「じゃあ大旦那様は好きな具を考えといて」

タマゴ〜ハムレタス〜ポテトサラダ〜と指折り考える大旦那様を放置し、私はまた千秋さんに質問をする。

「ところで千秋さん、昨日スーパーもみじに寄ったら、袋に入った食パンが売っていたんだけど、文門の地で食パンよく食べるの？」

「まあ、食パンが売られるようになったのはここ二、三年っすけどね。朝食など手軽に済ませたいこの土地のあやかしの需要に合ってか、浸透してるっす。他の地に比べれば一般的な食べ物になっているというか」

「なるほどねえ。じゃあサンドウィッチも一般的かしら」

「いえ。食パンを焼いて、何かしらつけて食べることはあっても、何かを挟んで食べるというサンドウィッチは、それほど一般的ではないっすね。もちろん、あるところにはあるのでしょうけれど」

「忙しい人にほど食べて欲しい軽食なんだけどね。サンドウィッチって、そのために作られたようなものだから。サンドウィッチ伯爵のお話にもあるようにね〜」

「サンドウィッチ伯爵？」

「なんだそれは、葵」

千秋さんと大旦那様がいかにも不思議そうな顔をしている。

「えーと。サンドウィッチ伯爵ってのは、現世でも外国の、ずっと昔の貴族なんだけど、賭博《とばく》や作業を中断しないようお肉や野菜をパンで挟んだものを食べていたらしくて、それでサンドウィッチって名前が一般的になったんだとか」

何かに集中していても、サンドウィッチなら作業を止めることなく、手に持って食べられる。

前に薄荷坊《はっかぼう》さんにも手で持って食べられるお弁当を作ったことがあるけれど、やはりあいうものを求めている人はいるのだ。

特にサンドウィッチは挟む具によって野菜もお肉も取れるし、文門の地の忙しい人々には需要がありそう。

「文門の地はもともと研究者が多いので、異界のものに興味を示してくれるあやかしも多いっす。特に学生は現世への憧《あこが》れが強いので、サンドウィッチも喜んで食べてくれそうっす」

そんなこんなで、私たちは早速学生のためのサンドウィッチ作りに励むことにした。

今回の助手は大旦那様と千秋さん。

「助かるわ。十人前も作らなきゃいけないし」

「さすがに、葵さんに作らせるのならお前も手伝ってこいと、楓のお達しで」

「ふふ。千秋も嫁の尻《しり》に敷かれる良い夫だな」

「……その大旦那様の良い夫像って、いったいどこから来てるの？」

はいはい。無駄話はここまで。

サンドウィッチは一種類だけではなく、五種類を予定している。

まずは足りない食材があったので、大旦那様と千秋さんにメモ紙を渡して、スーパーに買いに行かせた。

二人は仲良く出て行って、寄り道もせずに戻ってきた。

うん、二人とも良い旦那になりそう。

「お使いのメモの通り色々買ってきたが、一体どのようなサンドウィッチを作るつもりなんだい。あまりイメージできない食材もあったが」

大旦那様が買い物袋を開けながら私に尋ねる。

私は食材を確認しつつ、

「栄養のある野菜をたっぷり使った、和風サンドのランチボックスよ。忙しい学生たちがパパッと食べられるように、四角い小さめのサンドウィッチなの」

必要な野菜をまず蒸し始め、その間にサンドウィッチの種類を手書きした紙を大旦那様と千秋さんに手渡す。

その一　野菜たっぷりポテトサラダサンド
その二　刻みたくあん入りのタマゴサンド
その三　味噌カツサンド
その四　ツナと大葉サンド
その五　手作りピーナッツクリームサンド

「ピーナックリームとはなんだ？」

「あら、大旦那様でも知らない？　確かに、現世によく行くって言ってもピーナッツクリームと出会うのは稀《まれ》かもしれないわね。どこにでも、よく売ってるものではあるけど。大旦那様、前にココアパウダーをチョコレートと思って買ったくらいだから」

「あははははははははは」

「……ごほん。笑いすぎだ、千秋」

ピーナッツクリームは、さっき二人がお使いに行っている間に作ってしまった。

さすがにこれはスーパーもみじにも無さそうだったから。

「意外と簡単にできるのよ。昨日買っておいた落花生を霊力ミキサーで粉々にして、北の地産のバターとハチミツ、お砂糖を混ぜ続けたらできるの。これが食パンによく合うんだから」

さて、役割分担である。

具は基本的に私が作るとして、大旦那様や千秋さんの仕事も勿論《もちろん》ある。

「千秋さんは、食パンの耳を切り落としてちょうだい。大旦那様は、ゆで卵の殻を剝《む》いてしまって」

「はーい、了解っす」

「ゆで卵の殻剝きなら僕は大得意だよ」

う、うん。二人ともやる気があるようで何より……

それが終わったら、千秋さんはツナ缶からツナをボウルに取り出して刻んだ大葉を混ぜて……大旦那さまは卵を潰《つぶ》して、たくあんを刻んで……などなど。これもまた紙に書いて指示を出す。

「なんだか、南の地でのことを思い出すな、葵」

相変わらず、お手伝いしたがりな大旦那様。今回も張り切っている。

「確かに、土間の台所は南の地で拠点にしていた場所を思い出すわね。大旦那様には色々と助けられたわ」

居間の机の上で男性二人にあれこれさせつつ、私は土間の台所で蒸していた野菜を笊《ざる》に上げる。

私的にポテトサラダはシンプルな塩コショウのみのものが好きなのだが、今回は学生が対象で、パンに挟むものなので、味付けはしっかり感じられるものにしようと思う。

野菜は、絶対必要なジャガイモ、ニンジン、そして水にさらした玉ねぎスライスに、きゅうり、スーパーに売っていたレタスとパプリカ、ハムである。

「……きゅうりを切ってると、チビを思い出すわ」

元気にしてるかな、チビ。

私、あの時黄金童子《おうごんどうじ》様に直接付いて行ったから、折尾屋《おりおや》の青蘭丸《せいらんまる》で寝ていたチビを置いてきちゃったのよね。

置いてかれるのを嫌がる子だから、きっと今頃寂しい思いをしているでしょうね。前も置いていったことがあって、家出したことがあったし……今回は、大丈夫かな。心配だ。

帰ったら、きゅうりをいっぱい食べさせてあげたいな。

「今はサンド、今はサンド」

呪文《じゅもん》の様にブツブツ呟《つぶや》きながら、ジャガイモをつぶし、他の野菜も切って混ぜ合わせ、マヨネーズと塩コショウで味を整えた。

よし、ポテトサラダは完成。

「葵さん、ツナと大葉、混ぜ終わったっす」

「ああ、千秋さんちょうどよかったわ」

私は千秋さんに呼ばれて、ツナと大葉のボウルを覗《のぞ》き込む。

よしよし、いい感じに混ざっているわね。

これに塩、砂糖、醤油《しょうゆ》で味付けをして、和風を強調。大葉の風味が少し大人っぽいツナサンドの具になる。

「葵、卵も潰し終わったぞ。たくあんも刻んでみたが、これを卵に入れてもいいんだろうか」

「ええ、大旦那様。確かに食べ慣れない組み合わせかもしれないけど、騙《だま》されたと思ってドーンと入れちゃって」

大旦那様が躊躇《ちゅうちょ》しつつも、刻んだたくあんを、潰した卵のボウルへと入れる。

私がそこに、マヨネーズと塩コショウのみで味付けする。味付けも、本当に気持ち程度で良い。たくあんがしょっぱいからね。

「よし。たくあん入りタマゴサンドの具完成、と」

最後は、一番手のかかるロースカツだ。

豚ロース肉の塊を切り分け、とんかつを揚げる。その間に、大旦那様と千秋さんにまた仕事をしてもらう。

サンドウィッチらしい作業よ。

食パンの表面にバターを塗って、作った具を挟んでいくんだから。サンドなんだから。

「見ろ千秋、僕の方が綺麗《きれい》にサンドしてるぞ」

「えー、そうっすか？　大旦那様具の量がまちまちじゃないっすかー」

なんて、二人で言い合いながら。

今更だが、千秋さんと大旦那様の組み合わせも、なかなか珍しいかも。

でも千秋さんは文門の地の院長様の息子だし、もしかしたらのちの八葉《はちよう》だったり……するのかも？

「葵、切り方は三角ではなく、四角だったか」

「あ、そうそう。スーパーでラップを買ってきてくれたでしょう？　あれで一度包んでから切ると、具がこぼれなくていいわよ」

真面目な顔をして、慣れない作業をしている男性陣を微笑ましく思いながら、私も私で、とんかつ用のソースを作る。

と言っても、一般的なとんかつソースではなく、今回は味噌《みそ》ソース。

赤味噌と、合わせ味噌と、味醂《みりん》と砂糖と、粉末の出汁《だし》の素を混ぜ合わせて作る。

現世で味噌カツといえば、名古屋よね。

前におじいちゃんと一緒に名古屋旅行に行った時、美味しい味噌カツを食べたっけ。その時のソースの味が忘れられなくて、お家《うち》で研究して作ってみたのよね。

「甘めでこってりだけど、あやかし好みに濃すぎないように……と」

油を切り、熱を取ったロースとんかつに味噌ソースを塗り、キャベツを千切りにして、それをパンに挟む。キャベツと味噌カツ、黄金コンビ。

ザックザックと四角に切って、こちらも完成。

「よーし、五種類のサンドウィッチが出来上がったわね」

「いやはや、美味《うま》そうだ」

「五種類あると壮観っすね〜」

しかしここで根本的な問題が。

これを何にどう詰める……？　みたいな。

「お弁当箱のことを忘れてたわ。さすがにサンドウィッチ専用の容器なんてないし……」

「竹皮なら、ありますよ」

ここで奥の間から出てきたのが、お蝶《ちょう》さんだった。

お蝶さんは大量の竹皮と、竹紐《ひも》を持ってきてくれたのだった。

「竹皮……っ！　よく昔話なんかでおにぎりを包んでるアレね！」

「これまた懐かしいものを持ってきたな、お蝶。しかし水で戻さないと使えないのではないか？　結構時間がかかった気がするが」

「ご安心ください。そこら辺は座敷童《ざしきわらし》の術でなんとか時短します」

「へー。座敷童の術って便利っすねー」

というわけで、お蝶さんが水を操りながら竹皮を柔らかく戻す術を披露してくれて、その間にどのようにサンドウィッチを包もうかを千秋さんが考えてくれた。

「まず五つのサンドウィッチを横に並べて、竹紐で軽めに括《くく》ります。それをさらに竹皮で包んで、もう一本の竹紐で縛るっす」

「なるほど。それならばバラけることもないな」

大旦那様は竹皮に馴染《なじ》みがあるみたいで、慣れた手つきでその作業を担ってくれた。

一方私は、あまり使ったことのない道具に悪戦苦闘。

「ここをこう折り曲げたらいいよ」

「う……っ、お料理関連で大旦那様に教わることがあるだなんて」

ちょっと悔しい。でも大旦那様のアドバイスは的確で、綺麗に包むことができると達成感があるし、何より嬉《うれ》しい。

「できたー。十人前と私たちの分のサンドウィッチー」

つまみ食いもせずに、自分たちの分までしっかり竹皮に包んだ。

やっぱりちゃんとお弁当の気分を味わいたいし、大旦那様との約束がうやむやになるのも嫌だったからね。

「えっと、学生のお弁当はどこへ運べばいいの？」

「いえ、葵さんのお仕事はここまでっすよ。あとは俺が運びます」

「え、でも……」

「あくまでも、現世の人間が作った料理ということで、学生たちに配るつもりっす。葵さんが作ったと言ってしまえば、あなたがここにいることが公になってしまう。今のお立場は、お尋ね者となってしまった邪鬼の、許嫁《いいなずけ》なんです」

「…………」

そ、そうだ。あまり意識してなかったけれど、大旦那様が邪鬼であると誰もが知っているということは、私もその婚約者として注目されるということだ。

下手をすると、大旦那様がここにいることも、バレてしまう。

「すまないね、葵。学生たちに自分から配りたかっただろう」

「い、いいえ！　感想は後で千秋さんから聞くわ。それに私は、大旦那様に食べてもらわなくちゃいけないからね」

大旦那様が申し訳なさそうな顔をしていたので、私はカラッとした笑顔で言い切る。

大旦那様の反応が一番気になるのは、葵さん、その通りだから。

「本当にありがとうございました、葵さん、大旦那様。そろそろお昼時ですし、どうぞ、お二人の時間を楽しくお過ごしくださいっす」

千秋さんは竹皮の弁当を風呂敷《ふろしき》に包んで、私たちに今一度ぺこりと頭を下げると、急ぎ足で時計塔の方へと向かって行ってしまった。

あのお弁当が、勉強を頑張る学生たちの発想の源となったり、勉学に励む活力となったらいいな。


「大旦那様、私たちはどこでお弁当を食べる？」

「そうだなあ」

台所の後片付けを一緒にしてしまいながら、私たちはお昼をどこで食べようかと考えていた。大旦那様がワクワク顔で、

「せっかくのサンドウィッチだ。ピクニックに行こう。今日はそれほど寒くないし、冬でも花が咲いている大きな植物公園があるよ」

「へえ。大旦那様がピクニックとか言うの、違和感が凄《すご》いわね」

「何を言う。花見や月見だってピクニックのようなものだ。せっかく葵と共に作ったサンドウィッチなのだから、熱い紅茶でもあればよかったんだがね」

「紅茶ねえ、たしかに。でも緑茶でもきっと合うわよ。和風な味付けのサンドウィッチだし」

「たくあんのが気になるな」

「大旦那様、自分で刻んだものだしね」

早速緑茶を水筒に入れて、お楽しみのサンドウィッチを抱えてお出かけした。

確かに今日は、ピクニック日和。冬なのにそれほど寒くない。

学生服だし、端から見たら私たち、学生の男女のカップルに見えたりするのかな。

大旦那様と隣り合って出かけるのも、今はもう、ほとんど違和感がない。

違和感がないということをふと意識してしまうと、少しドキドキしてしまうのだけど。

「どうした葵、少し頬が赤いよ。もしや具合が悪いのかい？」

「い、いいえ！　文門の地って、北側にある土地なのに、意外と寒くないから。むしろ暑いくらいよ～」

「……？」

北の地の寒さを体感した後なので、余計にここが暖かく感じる。

夜は少し寒いが、日中は上着さえ着ていれば寒いと思うことがない。

「西側の海の海流が暖かいおかげで、この地はあまり冷え込まず、雪もそう降らない。植物公園があるのも、安定した気候のせいとも言える。それに、もっと暖かくて居心地のいい場所があるんだ。植物公園の少し奥まった場所にあるので、意外と人がいなくて、僕のお気に入りの場所なんだよ」

大旦那様は「こっちが近道だよ」と、時計塔を向かいにして、右手の大通りに曲がる。

植物公園は、中央の施設群からは少し離れた場所にあるみたいだった。

植物公園の敷地面積は広く、広々とした芝生の上で遊ぶ子供もいれば、整備された歩道で散歩している老夫婦もいる。

エリアによって咲く花が違い、ここからでも遠くの傾斜に淡いピンク色の花が植えられているのが分かる。隠世《かくりよ》にある冬に咲く花〝雪桜草《ゆきさくらそう》〟とのことだった。

大旦那様に案内されながら、かわいい雪桜草を眺めつつ、歩道を歩いて進む。

この植物公園は本当に広くて、高い木々に囲まれた小道に入ると、森に迷い込んだのではないかと思うくらい。

やがて落ち着いた場所に出た。そこは小さな湖のほとりで……

「あ、見て見て大旦那様。湖に赤い色をした水鳥が泳いでるわ。うわあ……よく見ると沢山いる」

淡い赤、濃い赤、茶色に近い赤と、個体によって色の具合に差があるが、水鳥たちは自由気ままに泳いでいる。

冬の、彩度の低い森の緑をバックに、鮮やかな赤が彩りを変えながら揺れ動く。

その光景はとても神秘的で、美しい。それに……

「あれ……暖かい」

寒くないどころか、暖房でも効いているかのごとく、ぬるいそよ風が吹いている。

どういうことだろう。

「あの鳥は〝火鷺《ひさぎ》〟という水鳥で、この湖に生息する水草を好んで食べているんだ。このあたりが暖かいのは、冬になると火鷺が湖にやってくるからだね。火鷺の翼は妖火《ようか》でできているから」

「か、火事になったりしないの？」

「それはないよ。火事になったら困るのは火鷺たちだ。辺りに火を移さないよう心がけているんだ」

「へえ」

今、一羽の火鷺が湖より飛び立ち、私たちの頭上を越えていった。後から暖かい風が、私たちの体を横切る。

確かに、心地の良い場所だ。

それに隠世らしくて面白い。

よく見ると湖のほとりには野草の小花が咲いているし、どこからか種が飛んできたのか、本来ここに咲いているはずのない花たちが、ポッポッと咲いていたりする。

そういうものを観察しながら、ピクニックするのも悪くない。

「さあ、サンドウィッチだ。もうすっかり腹が減ってしまった」

「朝ごはんあんなに食べたのに？　あ、大旦那様が勝手にランチを始めてる」

大旦那様は自分で包んだ竹皮の包みを開き、まずは気になっていたという、たくあん入りのタマゴサンドを手に取り、頬張る。

「……おお。ポリポリした、たくあんらしい食感が面白いね。たくあんのしょっぱい味が、まろやかで優しい卵の甘みをより引き立てている」

「ふふ。これね、おじいちゃんがお漬物が好きで色々買ってくるから、余ったたくあんを消費するために考案したの。私の高校時代に活躍したサンドウィッチよ」

「葵の高校時代か。そんな時から自分で弁当を作っていたのは偉いな」

なぜか私の頭を撫《な》でる大旦那様。

それほど遠い昔の事でもないんだけど、高校生っていうと大旦那様からしたらずっと子供のように思えるんでしょうね。

「そ、そんなに偉いことでもないわよ。私にしたら趣味だし」

「それでも、だ。お前がしっかりしていたから、史郎《しろう》の晩年はきっと苦労もなく、幸せな日々だっただろうね」

「……そうだと、いいけどな。おじいちゃんは私を引き取ってから、気ままに移動もできずに、自由を失ったようなものだから」

ふらふらと、好き勝手に生きてきた人だと聞いた。

だけど私を引き取ってからは、どこへも行かずに、ずっと側にいてくれた。もちろん、あちこち旅行は行ったけれど、私も必ず連れて行ってくれたもの。

おじいちゃんは、孤独を終わらせてくれた、大事な人。

今もその思いは変わらない。

「最後の時間をお前と過ごせたのは、史郎の幸福に違いなかったと、僕は思うよ。自由であっても、あいつには帰るべき場所というものがなかった。あいつはお前と暮らすことで、帰るべき場所を得たんだ」

「…………」

おじいちゃんのことを語る大旦那様にいつもの微笑みはなく、ただ真顔のまま、どこでもない一点を見つめている。

衣の音がする。

いや……違う。視線の先には味噌《みそ》カツサンドが！

大旦那様はそのまま味噌カツサンドを手に取り、一口かじった。まだサクッと、揚げた

「おお。味噌カツもいけるな。冷めても美味だ」

「揚げたてのサンドも美味《おい》しいけど、冷めても豚肉の旨《うま》みやソースが衣に染み込んで、ちょっとしっとりしている状態なのも美味しいわよね」

次に野菜たっぷりのポテトサラダ、大葉入りのツナなどの王道も楽しみつつ、最後は甘いピーナッツクリームサンドでホッと落ち着く。

やっぱり最後は甘いのが欲しくなるなあ。手作りピーナッツクリームは素朴な甘みで調整したが、家庭的な幸せの味。

「そういえば、現世でもよくサンドウィッチを食べると言っていたわね」

「現世出張は時間との戦いだからな。葵が言っていたように、何かしながら食べるのに丁度いい。それに、現世出張にはいつもサイゾウがついていてくれて、車を運転してくれた。コンビニに寄りたいと言ったら、いつもカーナビで近くのコンビニを調べてくれてな……現世は本当に、便利なもので溢《あふ》れている」

「へ、へえ。あの御庭番《おにわばん》のサイゾウさんが、カーナビで……。って、あ！」

私は思わず声を上げて、大きく身を乗り出し、体をよじって大旦那様を覗《のぞ》き込む。

「そう、サイゾウさんよ！　サイゾウさんは今どうしてるの⁉　カマイタチの子どもたちが、サイゾウさんが帰ってこないから、ずっと元気が無くて。サスケ君もとても心配しているのよ」

するとと大旦那様は少し申し訳なさそうに眉《まゆ》を寄せ、

「そうか。あの子たちには寂しい思いをさせたな。……大丈夫、サイゾウは無事だ。僕の言いつけで、別件で動いてもらっている。それこそ、現世に行ってもらっているんだ」

「現世に？」

「ああ、急ぎ必要になったものがあるのでね。そうやって……僕はここで、全てが揃うのを待っている」

全てが揃うのを、待っている……か。

だからこんなにも、大旦那様は落ち着いているのかな。

大旦那様は何かを企《たくら》んでいるような、しかし何かを待ち焦がれる子どものような顔をしていた。

聞きたいことが山ほどあって、何から聞けばいいのか、もうよくわからない。

だけど、少しずつ噛《か》み砕いていかなければ。

「私、今日も大旦那様から一つ、何か聞けるのよね」

「そうだね。美味しい弁当をご馳走《ちそう》になったからな。……なら今日は、史郎と僕の話でもしようか。せっかく奴の話題が出たことだし」

「おじいちゃんと……大旦那様の話、かあ。確かに聞きたいかも。どこで出会って、どんな関係だったのか」

「ああ。それと……なぜあいつがお前を、僕に嫁入りさせようと思ったのか、だな」

「…………」

静かな風が頬を撫で、私の中でストンと落ちてくる何かがあった。

やはり、そこに意味はあったのか、と。

大旦那様は水筒の緑茶を一口すすり、落ち着いた頃に、ゆっくりと語り出した。

「津場木《つばき》史郎とは、怖いもの知らずと言ってしまえば可愛げもあるが、実際にそういう類《たぐい》の無謀な人間だった。若気の至りもあったのだろうが、一方でとても強い力を持った〝退《たい》魔師《まし》〟だったのだ」

「え……おじいちゃん、退魔師だったの⁉　で、でも、退魔師は嫌いだって、前におじいちゃんが」

そういう話を聞いたことがある。

土蜘蛛《つちぐも》の暁《あかつき》だって、退魔師に調伏されそうだったところを、おじいちゃんが横取りしたようなものだったたし。

「史郎はな。実際にそういう名門の出だったのだ。葵、お前は〝津場木家〟へ赴いたことはないのかい？」

「……あ」

遠い記憶を呼び起こす。

私、一度だけおじいちゃんの実家に行ったことがある。

紅葉と、赤とんぼが印象的な庭。

オレンジ色の髪の少年に、うさぎのリンゴを持ってきてもらったっけ。

その時感じた、あの家の独特の雰囲気が一体何だったのか、やっと分かったかもしれない。あそこにいた人たちって、もしかしたら皆、見えている人……だったのかも。

「おじいちゃんが普通の人じゃないのはわかってたけど……そういうことだったんだ」

「ああ。そしてお前も、その手の一族の血を受け継いでいる」

あやかしを見る目を持って生まれた理由に、納得できた気がした。

私に、料理を通してあやかしの霊力の回復を促す力があるのも、そういう生まれだからなのかもしれない。おじいちゃんは、そういう私の力を、日頃の料理を通して、うまく育ててくれていたのだ。

「史郎は学生の頃、現世出張に赴いていた僕を見つけて、僕を追いかけ宙船《そらふね》に乗り込んだ。そう、最初にあの史郎を隠世に連れてきてしまったのは、実のところこの僕だ。……あいつは堂々と僕の仮眠室で寝ていたのだ」

「な……なんか、おじいちゃんらしいわね」

いや、とても申し訳ない話なんだけれど。

しかし大旦那様は、愉快なことを思い出したかのようにニヤニヤして、

「ふふふ。思い出しただけでも笑えてくる。あいつを宙船で見つけた後のことだ。史郎は隠世に来たことを、それはもう大喜びしてはしゃいでいたんだ。僕のことなんて、一つも怖がることなくね」

それで、なんだか阿呆《あほ》な子どもを連れてきてしまったと思った大旦那様が、しばらく天神屋に泊めて、様子を見つつ世話をしていたんだって。

おじいちゃんが現世に帰りたくなさそうにしていたらしくって。

だけど人間の子をずっと隠世に止めておくこともできずに、現世に戻れる手続きを進めたところ、おじいちゃんは大旦那様の用意した通行札のみを持って、天神屋を逃げ去ったらしい。

こうして、おじいちゃんの隠世武勇伝がはじまる……のだとか？

いやでも、無断乗車に無銭宿泊、おまけに盗みまでして逃げたんだから、この時点で相当な犯罪者では……

「まあ、史郎の無茶苦茶っぷりを想定していなかったとはいえ、現世の人間を連れ込んでしまったのは僕だ。ゆえに、僕は史郎を探し出し、現世に帰さなければならなかった。そ

こで隠世中に追っ手を放ち、時には僕が赴いて史郎を探し、何度もぶつかっては勝負した。僕は、あいつをなんとか現世に返そうとしていたにすぎないが、世間は有名になっていく人間・史郎と、何らかの因縁を持つ天神屋の大旦那、という見方をしていたね。そっちの方が面白かったのだろうがね」

「そういうことだったんだ。いや、大旦那様も苦労したわね」

うちの祖父がすみません、と、私は深々と頭を下げる。

大旦那様は「いえいえ」と。何、このやりとり。

「でも、さすがのおじいちゃんでも大旦那様に真向勝負を挑まれたら、ひとたまりもなかったんじゃない？」

「いやいや。史郎はあれで、やはり才能のある退魔師だったからな。僕が奴の術に翻弄《ほんろう》されることもあったし、逆に僕の鬼火に奴が追われることもあった。というかまあ、あいつは真剣勝負をしているように見せかけて、最後は常に、逃げきることばかりを考えていた男だ。僕を傷つけるつもりもなかったし、自分が痛い思いをするのも嫌だったんだ」

「あ、ああ」

「故に、勝負なんてつかない。世間では、僕らが常に引き分け合う好敵手のように噂して、この手の小説がたくさん出て一世を風靡《ふうび》していたが、実際のところは僕がただ奴を追いかけ、奴がただ逃げていただけだね」

まるで猫とネズミのように、と大旦那様は苦笑した。

確かにおじいちゃんはネズミっぽさがある。逃げ足の速さは、カマイタチ顔負けとサスケ君も言ってたしね。

「それに、史郎はどこで手に入れたのか、通行札を数多く所持していた。出会うたびに手持ちを増やしていたくらいだ。どこぞの八葉から盗んだか、だまし取ったか、賭《か》けでもして貰《もら》ったかしたのだろう。僕が奴を現世に帰すまでもなく、あいつは勝手に現世と隠世を気ままに行き来する術《すべ》を手に入れていたのだ」

「な、なるほど。隠世で津場木史郎の悪い噂ばかりなのって、あやかし相手にえげつない賭けや勝負をしていたからなのね……通行札をかけて」

「そういうことだね。史郎は何より、それを欲したから」

大旦那様はやれやれと肩をすくめて、「ここで僕は、史郎を追いかけるのが馬鹿らしくなってやめたのだ」と言った。

「僕としては、史郎と関わるのはもうやめようと思っていたくらいだが、僕が追いかけなくなったら、今度はあいつから僕に会いに来るようになった。というより、天神屋に泊まりに来るようになったんだ。それなりの金を持ってね」

「へ、へえ。どうやって隠世のお金を稼いだのかしらね、おじいちゃんは」

そこのところを聞きたいような、聞きたくないような。

だけどおじいちゃんは、当時学生でありながら、現世の学校にはあまり行ってなかったみたいだ。

現世の人間たちより、隠世であやかしを相手にしている方が、性に合っていそうだった、と。それは、なんだか、私も似ている気がする……

「おそらくだが、史郎はなんだかんだと言って、あやかしが好きだったのだと思う。だが退魔師とは、時に無慈悲にあやかしを退治しなければならず、史郎は自らが生まれ持った運命に葛藤《かっとう》していたのかもしれないな」

「おじいちゃんが……葛藤？」

「ああ。あいつは一度、僕に言ったことがあるんだ。どうして嫌いな人間のために、俺が命をかけてあやかしを退治しなければならないのか……と。史郎は決して、家族を憎んでいたわけではなかったが、家業のせいで理不尽な思いをすることが多かったようだ」

退魔師嫌い。

そして、究極のところ、人間嫌いだった津場木史郎。

言われてみれば、そうだったかもしれないと、思い当たる節がある。

祖父に人間の友人がいなかったわけではない。葬式には数多くの人が来たくらいだから。だけど、それでも祖父は、同じものを見ていない人間たちの輪に入ることはできず、どこか、疎外感だけを抱き続けていたのだと思う。

私だってそうだ。

自分の本当のことを知ってもらえないこと、隠し続けなければならないことに、疲れていく。そして、人間がどこか信用できなくなる。

あやかしばかりに本音をこぼすこともあった。

河原の手鞠河童《てまりかっぱ》とか。

「だけどね、史郎は齢《よわい》三十の手前で、ふらっと戻った現世にて、ある女性と結婚する。それが……葵、お前の祖母だ」

「私の……祖母？」

まさか、私も知らない祖母の話が、ここで出てくるとは思わなかった。

「史郎は恋多き男だったが、本気で愛したのは、きっと彼女だけ……。普通の家の出だったらしいが、あやかしの存在を理解して、感じることのできる女性だったらしい。だがその女性はとても体が弱くてね。史郎が妻の病を治す薬を探している間に、息子の〝杏太郎《きょうたろう》〟を生んで、亡くなってしまったらしい」

「…………」

おじいちゃんから、祖母の話を聞いたことはなかった。

だけど、杏太郎は知っている。それは、私の父の名前だ。

私が物心ついた時には、その父も亡くなっていた。母が持っていた写真だけを見たことがある。母が……泣きながらいつもその写真を見ていたから。

「葵。お前と初めて会ったのは、僕が現世に赴き、史郎の息子である杏太郎に会いに行った時なんだよ。お前は覚えていないかもしれないけどね」

「え……っ⁉」

ドキリと心臓が跳ねた。だけど、そうか。

あのおじいちゃんの遺品の中に「天神屋」の写真を見つけた時、中心にいた黒髪の男の人をどこかで見た気がすると、なんとなく思った。

思い出せなかったけれど、私、小さな頃に大旦那様に会っているんだ。

様々なことが繋《つな》がっていく。その感覚に、胸の動悸《どうき》が止まらない。

なんだかぞくぞくしてくる。それなのに、もっと知りたい。

「杏太郎は、史郎と違ってまともな人間だった。亡くなった母の姉が、史郎には任せられないからと杏太郎を引き取って育てたのも幸いしたんだろうな」

あ。お父さんは……祖母の姉に育てられたのか。

それは以前、おじいちゃんからも聞いたことがある。妻の死に目にすら現れないお前に子育ては無理だと言われて、子供のいなかった祖母の姉夫婦が引き取ったのだと。

だけど、時々お土産を持ってこっそり会いに行っていた、とか。

「それに杏太郎もまた、両親の力を受け継ぎ、あやかしの見える人間だった。あいつが高校生の頃に初めて出会ったが、史郎を彷彿《ほうふつ》とさせる顔をしているのに屈託なく誠実で、僕にもよく懐いてくれて……大人になって、社会に出て結婚した時も、子どもが生まれた時も、あいつは僕に報告をしてくれた。だけど……」

そして大旦那様は、ゆっくりと顔を上げた。

うっすらと真昼の月が浮かぶ、その一点を見つめている。

その横顔は、少し寂しげで……

「杏太郎は死んだ。酷《ひど》い事故だった」

「……ええ。お父さんは……飛行機の墜落事故で死んだと、聞いたことがあるわ」

「そうだ。呪いが、死の運命を誘ったんだ」

呪い。

津場木史郎の、呪い。

それは、私だけでなく、父にも及んでいたということ？

「ねえ、津場木史郎の呪いって、何なの？　おじいちゃんはどうして、呪われてしまったの？」

「それはね。あいつが、常世《とこよ》の王を、嘆き悲しませてしまったせいだよ」

「……常世の、王？」

大旦那様はゆっくりと私の方に視線を下ろし、秘密の話をするかのごとく、ささやき声になった。

「葵。怖いもの知らずだった津場木史郎と云《い》う男は、自らの息子を失い、初めて恐れというものを抱いた。常世の王を怒らせ被った呪いが、自分ではなく自分の周りに影響して、大切な者たちを不幸にしていくということに。史郎と血が近ければ近いほど、その呪いは色濃く現れる。だから、葵。お前のことを、史郎は僕に託したんだよ」

「なぜ……大旦那様に？」

「なぜだろうね。僕にもあいつの意図はよく分からない。だけど……史郎には、何となくわかっていたのかもしれない。結局、僕だけが葵を……」

その時、湖にいた火鷺《ひさぎ》が、一斉に飛び立った。

バサバサバサと、力強く羽ばたく無数の音にびっくりして、会話が止まる。

何もない青い空を背景に、閃《ひらめ》く赤が見事だ。

雄大な景色に圧倒されてしまい、私も大旦那様も、一時言葉を失う。

「いや……そうだな。この話は次にしよう。葵、今日はここまでだ」

「えええ！　まだ、まだまだ知りたいことがあるわよ！」

大旦那様が気になるところで話を終えようとしたので、私はわがままな子どものように首を振った。

「何を知りたいんだい？」

「だって……だって、おじいちゃんが私を大旦那様に託したということは、呪いを解いてくれたのは、大旦那様だってことでしょう⁉」

「…………」

確信もなかったし、大旦那様はまだそこのところを教えてくれていなかった。だけど私にはそうだとしか思えず、思わず単刀直入に問いかけてしまう。

だって、そうでしょう。

おじいちゃんとの約束があったのなら、なおさら。

「大旦那様と、銀次さんが、一緒になってあの時私を助けてくれたんでしょう？　銀次さん、言ってた。あの時、私が食べたものは、運命を変える食べ物だったって。呪いを、根本から覆さなければならなかったって。でもそれはとても希少なもので……あるひとが、用意してくれたんだって。それが……そのひとこそが、大旦那様、なんでしょう？」

大旦那様は黙り込んでいる。

だけど、私をしっかりと見ていてくれる。

真紅の瞳《ひとみ》に見つめられ、心の奥に潜む私の思いまで見透かされそうで、一度言葉を飲み込みかけた。

だけどやはり知りたいという思いが募り、私は、大旦那様の袖《そで》を震える手で握って、もう一度問いかけた。

「あの時、私が食べたものは何だったの？　あなたはあれを用意するために……」

一体、何をしたというの。

何を、犠牲にしてまで――

「葵」

大旦那様が、私の唇に人差し指を当て、あやすような声でそっと囁《ささや》く。

「それ以上はまだ、教えられないよ。僕だって、諦《あきら》めた訳じゃないんだ」

「…………え？」

諦めたわけじゃない……？

だけど、大旦那様の妖《あや》しい眼差《まなざ》しに翻弄《ほんろう》され、私は何も言えなくなる。

訳がわからない。何もわからないわ、大旦那様。

大旦那様は唇からそっと指を離すと、そのまま大きな体で包み込むように、私を一度抱きしめた。

「!?」

驚いたけれど、あまりに優しく背を撫《な》でてくれるので、思わず涙が出てきそう。

大旦那様はずるい。

そうやって、私を子ども扱いして、優しくして、守ろうとして、翻弄して……

まだ私に、大きなものを背負わせてくれない。

「さあて。そろそろ行こう、葵」

「………」

少しして大旦那様が立ち上がり、私に手を差し伸べる。私は無言でその手を取り、同じように立ち上がった。

「少し時計塔に寄ってもいいかい？」

「え、ええ……」

結局、大事なことは聞けずじまい。

だけど、焦ってはいけないのかもしれない。

大旦那様が語ってくれなかったということは、受け止めるのにも覚悟が必要だということだろうから。

第四話　大晦日のおせち（上）

植物公園の帰りがけ、大旦那《おおだんな》様の用事で時計塔に向かっている時だった。

「ひゃああ、ダメっすよダメっす」

「うるさい、それをよこせ！　文門《ぶんもん》の地《ち》の食い物なんて食ってられるか！」

千秋《ちあき》さんが何者かに追いかけられている。

そんな光景を見かけて、私と大旦那様は唖然《あぜん》としてしまう。

「どうしましょう大旦那様！　千秋さんが不審な男に追いかけられてるわ」

「あれは……八幡屋《やはたや》の反之介《たんのすけ》ではないか？」

「えっ⁉」

白く長い髪に、キンキラキンの羽織。

大旦那様の言う通り、千秋さんを追いかけているのは一反木綿《いったんもめん》で八幡屋の跡取り息子、反之介だった。

以前、天神屋《てんじんや》の番頭である暁《あかつき》の妹・鈴蘭《すずらん》さんにしつこく求婚して玉砕した男だが、ストーカーじみたところのある、危険なあやかしだったのを覚えている。

「助けてくださあい〜〜〜っ」

千秋さんがこちらに気がつき、大旦那様の後ろに逃げ込んだ。

「どうした、千秋」

「あの八幡屋の！　反之介が！　葵《あおい》さんの手作りサンドウィッチを奪おうとしてるっす」

残り一つのサンドウィッチの包みをひしと抱え、千秋さんは訴える。

「これは大病院にいる、あるお方に届けなければならないものなんっす！」

しかし、

「おい、そこをどけ学生風情が。この僕を誰と心得る。八幡屋の跡取り、反之介であるぞ」

ふんぞり返って偉そうにして、大旦那様（若作り）に指をつきつけ命令する反之介。

大旦那様の後ろから、千秋さんがボソッと言い返す。

「八幡屋の跡取りを下ろされて追い出されたくせに、よくもまあ、そんな偉そうなことが言えるっすよ」

「なんだと、狸！」

「ひゃあ！」

反之介が千秋さんに掴《つか》みかかろうとするので、思わず反之介の羽織を引っ張る。

「ちょ、ちょっと待って。やめなさいよ！　あんたまた問題を起こす気⁉」

「邪魔をするな小娘！」

反之介が私を振り払い、平手で突き飛ばした。

「葵！」

大旦那様がとっさに駆け寄り、私を後ろから支えてくれたので無事だったけれど、反之介は相変わらずの乱暴者だ。

「あ。貴様は、もしや天神屋の鬼嫁⁉」

反之介、今になって私が誰だかわかると、心底嫌そうな顔をして、今度は私に指を突きつける。

「なぜお前がここに⁉　学生服なんか着て！」

「なぜって……」

どう説明しようかしら。

言い訳を考えていなかったのですぐに言葉が出てこない。

「ふん。なるほどわかったぞ。あの天神屋の大旦那を探しているのだろう。確か、忌み嫌われている邪鬼とかいうので、妖王《ようおう》の怒りをかって逃亡中と聞く。全く、あんなに偉そうにしていたのにこのザマか。情けないし哀れな鬼だ。ふ〜やれやれ」

「僕がなんだって？」

「えあ？」

今まで黙っていた大旦那様だが、いよいよ私の前に出て、反之介を淡々と見下ろす。

この声に聞き覚えがあるのか、反之介は徐々に顔色が悪くなっていって、挙動不審な動きをし始めた。

「誰だおま……おい近づくな。僕が誰だかわかっているのか」

「それは僕が聞きたい。お前は僕が分からないのかい？　八幡屋の若君」

「……えーと。え？　もしかして……天神屋の大旦那？」

大旦那様は目元を細め、真紅の瞳を妖しく閃《ひらめ》かせ、

「よくも僕の妻を突き飛ばしてくれたな、八幡屋の反之介。……さあ、どうしてくれようか。美味《うま》くなさそうだが、お前は喰《く》らってしまった方が世のためかもしれない」

わざと残酷な言葉を吐き、鬼の微笑みをたたえる。

3秒ほどの沈黙。そして……

「ぎゃああああああ、邪鬼だあああああああああ」

蒼白《そうはく》な顔をした反之介は一目散に逃げ去った。

「いったい何だったのかしら……」

「相変わらずどうしようもない男だな、あいつは」

私も大旦那様も、冷めた目でそれを見送る。

そもそもなぜ、あの反之介がここに？

南西の八葉・八幡屋の跡取りであるはずだが、千秋さんはさっき、跡取りを下ろされたとかなんとか言っていた気がするけど。

「全く。騒がしいと思ったら、またあの子かい」

「院長様」

いつの間にか文門狸《ぶんもんたぬき》の院長様がこの場に来ていた。

「どうしたんです、あの八幡屋の反之介は。文門大学に入れそうなお頭を持っているとは思えないが」

「大旦那様、さらっと辛辣《しんらつ》な……」

院長様もまた額に手を当て、やれやれと首をふる。

「どうにもこうにも、反之介は色々と問題ごとを起こして、八幡屋から追い出されたのだ」

「なるほど。天神屋とも散々揉《も》め事を起こしてくれたからな。女性をしつこく追いかけ回したり、天神屋に向けて大砲を撃ってきたり」

大旦那様も、私も、春の一件を思い出している。遠い目をしながら。

「まあ、その件が大きく響き、八幡屋の八葉である一反木綿の親父殿にこっぴどく叱られてね。追放と言いつつ、更生を文門の地の私に丸投げして来たのだ」

「ほお。それはそれで、甘すぎる処置というものだな」

「そうだ、あそこの親父殿はバカ息子に大層甘く、いつかは必ず跡取りに据える気でいる。たとえ無能であろうがね」

院長様はさっきから、ため息が尽きない。

「しかしあの倅《せがれ》が大して勉強もせずに大学の編入試験を受け、当然のごとく落ちたものだから、今はここでプー太郎をしているのだ。日々大図書館にこもっては漫画を読み漁《あさ》り、女学生を物色している」

「…………」

私も大旦那様も、言葉もない、と。

「あの、それでも院長様は、ここに反之介を置いているのですか？」

私はそれが疑問だった。なぜあの男を、ここに置き続けているのか。

「仕方がないのだよ、葵さん。八幡屋からは孤児院の建設費用を援助していただいた過去があり、今も孤児たちの衣類を無償で支援していただいているからね。それに……あれでも八葉の跡取り候補だ」

院長は眼鏡を押し戻しつつ、悪い顔をしてほくそ笑む。

「八葉制度の存続が我々の目的であるのだから、のちに八葉になる可能性がある者には自覚を養ってもらわねばならないし、大きな恩を売っておかなければね。それに権力を持つ阿呆《あほう》とは、操り方さえ分かっていれば使えるからな」

「あははは。相変わらず夏葉《なつは》は腹黒い狸だな。あはははは」

「大旦那、笑いすぎだよ。そんなに笑うんだったらお前があの男を再教育してみせろ。いずれ、お前や私と肩を並べる者だ」

「え？　いやいや、それは無理というものだ。僕はまだまだ未熟者だし、教育者でもない。白夜《びゃくや》ならまだしも……やはり院長殿にお任せします」

「いきなり謙遜《けんそん》してるんじゃないよ。ただ面倒なだけのくせに」

「あはは。……そもそもあの者が八葉の座についた時、僕は八葉じゃないかもしれないじゃないか」

大旦那様はそんな言葉を軽々と言ってのける。院長様はそんな大旦那様を横目で見やったが、やがて小さくため息をついた。

「全く。嫌味なのか何なのか」

しばらくして、反之介が院長様の秘書の方に抱えられて戻ってきた。

離せー、僕を誰だと思っているー、などと喚《わめ》いて背や肩をポカポカ叩《たた》いているが、秘書さんは涼しい顔。

この秘書さん……インテリチックで穏やかそうな白髪交じりのおじさまなのに、意外と力持ちでびっくり。

「ご苦労、呉竹《くれたけ》。さあて反之介。いつまでも逃げ惑っていないで、そろそろシャキッとなさい。ここで勉学に励むのなら励み、来年の受験を目指すのも良い。心を入れ替え八幡屋に帰り、親父様に頭をさげるのも良い。さあ、どうする」

「どっちも嫌だ。僕はまだここで遊んでいたいし、親父に頭を下げるのも嫌だ。だってあいつ僕を都合のいい女と政略結婚させようとしているんだ。嫌だ〜僕は鈴蘭がいいんだ〜、鈴蘭じゃないと結婚なんかしない！」

「まだそんなこと言ってるの、あんた」

なんて未練がましい。むしろそこまで鈴蘭さんにお熱だったとは。

「元はと言えば、津場木《つばき》葵！　お前が……お前たち天神屋が……っ！　うわあああああああっ‼」

「あ……泣いちゃった」

やれやれ……

あやかしは意外と人間より感情的な時があるが、大の大人がこんな風に大泣きする様は、何というか見ていられない。

「そのくらいで泣くな反之介。僕なんていつも葵に嫁じゃないとか、好きじゃないなどと拒否されてるが、見ての通り元気だよ」

「き、拒否ってほどじゃないでしょう！　それに好きじゃないとか言ったこともないわよ！　だって最近は……」

「ん？　何だい葵？」

「〜〜〜っ、なんでもない！」

「う、うわあああああああああ、鈴蘭んんんんわああああああっ」

「ああもう！　どいつもこいつもやかましいね！　ここは色恋の話に程遠い、学術都市のはずだけどね……」

院長様はこんなところでこんな話をしている場合ではないと、両手をパシッと叩いて場の空気を整える。

そして私に向き直ると、

「葵さん。あなたに見せたい場所があるので、少しついてきてもらいたい」

「は、はい！」

「反之介、お前も来なさい。跡取り息子が、八幡屋の関わる慈善事業を知らないとあっては、大問題だからね」

「へ？」

「へ？　ではない。全く……先が思いやられる」

反之介は嫌な予感がしたのか、またそろっと逃げようとしたが、やはり秘書の呉竹さんに捕まって担がれる。

私たちは院長様について、時計塔の施設群の最も東端にあるという、ある場所へと向かったのだった。

「ここは、文門の地の孤児院〝きりかぶの家〟。八葉はどこも孤児を世話する役目を担っているが、文門の地では孤児院と学校を兼ね備えた施設で、子どもたちに高い水準の学問を身につけさせている。後々は文門大学を受験させ、彼らの将来的な自立を促すのが目的だ」

統一感のある建物ばかりの文門の地の中で、それは一際異質な建造物だった。

かつてここには巨大な木が群生していたのかと思うほど、大きなきりかぶがいくつも点在している。

とはいえ本物のきりかぶではなく建造上のデザインだということだが、そのきりかぶの形をした建物こそが、ここの孤児院。

校庭で子どもたちが蹴鞠《けまり》遊びをしたり、縄跳びをしたり、遊具で遊んだりしている。

また小さな子が転んで大泣きしていて、それを若い女の先生があやしていたり。

女の子たちは固まって、茣蓙《ござ》を敷いて懐かしのお母さんごっこをしていたり……

ここには数多くの子どもたちが在籍しているらしいが、校庭を囲む形で、三つの館に分かれているのが特徴とのことだ。乳幼児のあやかしのお世話をするミツバ館や、幼稚園児程のあやかしを育むヨツノハ館や、小学生程のあやかしの学び舎《や》であるシロツメ館など。

「きりかぶの家では文門の地の孤児だけでなく、各地からも少しずつ孤児を受け入れている。特に、反之介。八幡屋のある南西の地は近年捨て子が多く、増えすぎた孤児を受け入れる施設や、育てる体制が整っていないという。そこできりかぶの家は、南西の地の孤児を多く受け入れている」

「ふーん」

「興味のなさそうな顔をしているな、反之介。お前がわがまま、贅沢三昧《ぜいたくざんまい》をしている間にも、自らが後に治める土地の孤児が増えているというのに」

「ここで快適な暮らしを送っているのならそれでいいだろう」

「……全く。問題はそういうことではないのだがね」

院長様はもっとも手前にあるヨツノハ館に入るよう促す。

きりかぶ型の建物の内部はどうなっているのだろうと思っていたが、どうやら円形の側面に沿って教室が配置されているようで、古さはなく綺麗《きれい》だし、居心地が良さそう。

「あ……」

日当たりの良い中央のスペースで、女性が小さな子供たちに囲まれて、絵本を読んでいる。

あの女性……図書館でも読み聞かせをしていたひとだ。

「あ、菫《すみれ》の上《うえ》」

千秋さんはあの女性に覚えがあるみたいで、本の読み聞かせが終わったタイミングで彼女に駆け寄り、話しかけていた。

「またお昼を食べずに読み聞かせですか。だめっすよ〜」

子どもたちがワイワイと散っていく中、その女性だけは名前の通り菫色の長い髪を揺らし、ゆっくりとしたペースでこちらに向き直った。

どこか浮世離れした空気を纏《まと》う、優雅で美しい女性だ。

しかし……とても痩《や》せている。

「あら、千秋さん。それに院長様も」

「今日は少し食べられそうですか、菫の上」

「そう……ですね。少しなら」

院長の問いかけに、伏し目がちになって控えめに答える女性。

どこか特別な対応に思える。偉い方なんだろうか？

「葵さんのサンドウィッチならどうかなと思って、一つ持ってきたっす。食べられそうな時に食べてください」

「まあ……もしかして、あの津場木史郎《しろう》のお孫様の？」

「ええ、その通りですよ菫の上。そして、彼女はすぐ目の前に」

「え？」

院長様が私にすっと手を向けて紹介する。

本来ここにいると知られてはいけない私を、わざわざ紹介したということは、やはりこの女性は特別な身の上の方なのだろう。

女性は私を見て、小さな口を丸くしてゆっくり瞬いたが、やがてふわりと微笑み、頭を下げる。

その仕草があまりに美しく上品で、私もまた慌てて頭を下げた。

「津場木史郎をモデルにした物語をたくさん読んできたのですから、そのお孫様にお目にかかれるとは光栄ですよ。津場木葵さん、今はとても大変でしょうが、心身をお大事に、頑張ってくださいね」

「……あ、ありがとうございますっ」

優しい言葉だ。

それに、私の状況も分かってくれているみたい。

菫の上は侍女に付き添われて、そのままヨツノハ館を出て行った。

私の作ったサンドウィッチを一包み、頼りなく抱えて。

「葵さん。菫の上は、竹千代《たけちよ》様のお母上……というと、ピンとくるかな」

「……え」

竹千代様。それはまだ幼い、妖王様のお孫様にあたる男の子のことだ。私が律子《りっこ》さんと縫ノ陰《ぬいのいん》様のお屋敷で出会い、共に料理をして過ごした子。

院長様はやはり、私と竹千代様の交流についてもご存じのようだった。

「菫の上は宮中にて心と体を病んでしまい、今はこの地の大病院で療養中だ。時々ああやって孤児にお気に入りの絵本を読み聞かせてくださっている」

「……そう、だったんですね。竹千代様も、絵本が好きでした。それに、離れ離れのお母上に……焦がれていて……」

本当は、竹千代様のことをあの方に伝えに行きたいと思ったが、心を病んだあの方にとってそれが正しいことなのかわからず、ここに止《とど》まった。

もしまた、菫の上にお会いできたら、竹千代様と一緒にお料理をしたことくらいは、話をしてみたい。私があの小さな皇子様の言葉に、救われたことも……

孤児院の中を一通り視察した。

その間にも、数多くの子どもたちと擦れ違った。院長様を見ると「院長ばば様こんにちは！」と大きな声で挨拶《あいさつ》をする、しっかりした子が多い。

また千秋さんを見ると男子なんかは「千秋だ千秋」と慣れ慣れしくちょっかいを出してくる。それだけ多く、ここの子どもたちとも関わっているということなんだろうな。

シロツメ館の奥にある会議室で温かい柑橘《かんきつ》の香りのするお茶を一服。

院長様は「そろそろ本題に入ろう」と、真面目な顔になって頬杖《ほおづえ》をつく。

「葵さん、大旦那。明日が何の日かわかっているかね」

「えーと」

「大晦日《おおみそか》、だな」

私より先に大旦那様が答える。年末だという意識はあったが、明日が大晦日であることはすっかり頭から抜けていた私。

「そうだ。お前たちには明日の大晦日、シロツメ館の子どもたちのためにおせちを作って振舞ってあげてほしい」

「大晦日に、おせち……ですか？」

「そう。大晦日に」

私は首を傾げた。おせちって、お正月に食べるものじゃないの？

「文門の地では、おせちは大晦日の夕方から食べる風習があるっす」

と、千秋さん。なるほど。

「シロツメ館の最年長組である五年生の子どもたちには、季節や行事を感じられる食事をしてほしいと思い、ここ数年おせちを大晦日の夕食に出しているのだが、そのおせちがどうにも受けが悪くてね。育ち盛りで食べることに必死な子たちばかりだから残しはしないが、一年の締めくくりにこんなものを食べさせられたという苦い思い出を残してしまうのも、かなり心苦しくてね」

「ああ、なるほど。おせちって、子どもの好きなものばかりではないですからね」

私はウンウンと頷《うなず》きながら、自分も子どもの頃、定番のおせち料理がそれほど好きではなかったなと思い出していた。

「文門の地の飯の質がそれほど高くないというのもあるだろう」

淡々とした院長の分析に、千秋さんが「そうっすよ！」と机を叩《たた》いて訴える。

「俺も食べたことあるっすけど、文門の地の工場で作られたあの激マズおせちはトラウマもんっすよ。罰ゲームっす！」

「ほお。千秋がそこまで酷《ひど》いと言うのなら逆に気になるな、僕は」

「私も」

大旦那様も私も、怖いもの見たさならぬ、怖いもの食べたさで。

院長様は少し恥ずかしそうに「ゴホン」と咳払《せきばら》いする。

「まあ、そういうことだ。千秋が、今年は葵さんに任せてみないかと提案してきてね。私もあのサンドウィッチを一ついただいたが、どれも手作りのぬくもりがあり、自由な発想と愛情のこもった味がした。子どもたちに必要なのは、こういう味だろうと思ったよ」

あ、あれー。

サンドウィッチは学生のために用意したつもりでいたんだけど、一つは院長様の下に行ったのか。こうやって少しずつ情報を収集しているのだろうな、ここの文門狸は。

「それでやはり、葵さん、君に一度お願いしたいと考えた。こんな大事な時に何をと思うかもしれないが、引き受けてはくれないだろうか」

院長様は真剣な眼差《まなざ》しを私に向けて、依頼した。

孤児院……か。

こんな時に思い出すのは、私があの暗い部屋から連れ出され、次に預けられた施設。

空腹と孤独よりずっとマシだったし、先生たちも優しかったけれど、施設の中でも私は浮いていて、なかなか馴染《なじ》めなかったなという、複雑な思いのある場所だ。

だけど、イベントごとのご飯が充実しており、美味《おい》しかったのはいい思い出だ。

子どもたちが喜びそうなものを、たくさん用意してくれていたから。

「わかりました、院長先生。子どもが喜ぶ美味しいおせち、ぜひ私に作らせてください」

「……頼もしいね。聞いていた通り、料理関連で頼まれたことは、断らないとみえる」

ここで大旦那様が口を挟む。

「とは言え後から天神屋から請求書が来るから、そこのところは覚悟しておいたほうがいいよ、院長殿。うちのお帳場《ちょうば》はそういうところは本当に抜かりないから」

「はあ。わかっている。白夜殿には時々大学の教壇にも立っていただいているからな。正直、大旦那、お前よりあちらが怖い」

「だろうだろう。白夜こそが天神屋の鬼なのだ」

白夜さん……散々言われてるわよ。

「仕方がない。そちらの従業員にタダ働きをさせる訳にもいかないからな」

結局、そういうお仕事を依頼されたというていで、私は孤児院のおせち作りを引き受けることになった。

生徒はそう多くないらしいが、今からメニューを考え、提示された予算の中で食材を用意し、下準備までしなければならないのだから大変だ。

大旦那様にも手伝ってもらおうっと……

「はっ。何事かと思えばおせちくらいで大袈裟《おおげさ》な。おい、そろそろ僕を下ろせ。おせちなんて僕には関係ない話だろう」

反之介が、会議室の隅っこでいまだ秘書の呉竹さんに担がれた姿で、ブーブー文句を言っている。

「反之介、お前は明日、葵さんが子どもたちにおせちを振舞うのを手伝うんだ」

「はあっ⁉」

「お前は嫌なことは投げ出し、欲しいものがあれば金で手に入れ、美味《うま》いものもたらふく食ってきたのだろうが、ここの子どもたちはそうではない。日々の生活や勉強、食事に必死だ。たとえ不味《まず》い飯でも、お前のように残しはしないよ。嫌いな勉強だって、投げ出すことはない。自分の将来をどう切り開いていこうか、自ら考える力を持っている。お前は子どもたちをよく見て、話を聞いて、自分がこれから何をすべきかを考えるといい」

「……な。偉そうにっ！」

「私はお前より偉い。なぜなら文門の地の院長で、それに伴う責任を背負ってきたからな。お前は八葉の息子というだけで、責任を負うこともなく、何かを成し遂げてきたわけでもない。要するに何も偉くはないのだ。そこを履き違えて偉そうにしていたから、お前は味方もおらずたった一人でこんなところにいるのだ。分かったか」

「…………」

院長様の歯に衣着《きぬ》せぬ言葉に、反之介はぐうの音も出ない。

私の方がハラハラしていると、向かいの扉の隙間から、大きな黒い瞳《ひとみ》と白い髪の子どもがここを覗《のぞ》いていることに気がついて、不思議に思う。

視線が合うと、その子どもはすっとそこからいなくなってしまった。

この施設の子が覗いていたのかな。

「うーん、子どもの喜ぶ、おせち、ねえ」

「おせちと言えば、紅白なますや黒豆、伊達巻《だてまき》なんかが僕は好きだね」

「それらは定番のおせちよね。でも子どもからすれば少し地味なのかも。甘い伊達巻なんかは好きかもしれないけど」

帰りがけに、大旦那様に買い物カゴを持たせスーパーもみじで買い物をしながら、私は明日のことを考えている。

孤児院で、おせちを振舞う予定の子どもは四十人近くいる。

夕《ゆう》がおの宴会で二十人ほどの人数にお料理を振舞うことはあったが、子ども相手に一人で用意するにはなかなか骨が折れそうだし、重箱に詰める作業がとにかく大変そうだ。

そもそもあやかしには個体差があるから、食べる量も違うだろうし……

「大丈夫だよ、葵。僕が付いている」

「え？」

私の不安を感じ取ったのか、大旦那様が後ろから私の顔を覗き込む。

「銀次《ぎんじ》ほど役には立たないだろうがね、僕も手伝いを頑張るよ」

「……大旦那様」

そんな言葉に、ほっと安堵《あんど》する私がいる。

そうか、私は一人じゃない。

「それにね、葵。おせちは最初から重箱に詰められている、ということにこだわらなくてもいいと思うんだ」

「……へ？」

「僕は以前、正月休みに現世《うつしよ》のホテルに泊まったことがあるんだが、夕食がおせちバイキングだったんだ。これは面白いと思ったものだよ。おせちでバイキングなんてと思うかもしれないが、そういうやり方もあるということだな。それに、子どもは自分で取って食べることを楽しく思うかもしれないし……ああ、そうだ。おせちらしい重箱に、子どもたちが自ら詰めていくのもいいね」

「それは……」

私はくるりと大旦那様に向き直り、ひしとその手を握る。

「それは素晴らしいアイディアよ、大旦那様!!」

感激のあまり、店内で大きな声を上げて大旦那様の手をブンブン振る。

大旦那様があまりにキョトンとしてしまったので、ハッと我に返り、手を離して密《ひそ》かに赤面。

しかし、やはりそのアイディアは良い。

お正月の〝おせち〟という固定概念にとらわれ、私はその発想には至らなかった。夕がおでも時々バイキングをすることはあるのに、思い込みって凄《すご》い。

流石は大旦那様ね。考え方が柔軟だし、現世出張であらゆるお宿やホテルに泊まってきたからこそできる提案なのかもしれない。

「よーし、なんだかやる気が出てきたわ。明日《あした》は頑張るわよ！　豚ハムに必要な豚肩ロース肉と～、合挽《あいび》き肉と～、あ、エビ。エビはおせちに必須《ひっす》ね。あと里芋、しいたけ、トマトに小麦粉ー」

「待て待て葵。明日の分を全部買って帰るつもりか？　ひなげし荘の台所で下ごしらえできる分だけ買って帰ろう。明日は千秋に必要なものを揃えてもらえるのだから」

「あ……私ったらつい」

大旦那様の言う通り、とりあえず買い込みすぎず、下準備が必要そうなものだけを揃えて帰ることにした。


子どもが美味しく食べられるおせち料理を作りたい。

そして、おせちを重箱に詰める作業を、子どもたちに楽しんでもらいたい。

これらをテーマに、私は明日のためのお料理を考えている。

「煮物は王道で必須として、食べやすいハムも欲しいところ。昆布巻きや紅白なますはよく残されるって言ってたなあ。おせちっぽいけど、子どもたちに食べてもらうにはアレンジが必要よね。伊達巻や、黒豆や栗きんとんはおせちの中でも子どもたちが好きな料理らしいから作るとして……」

台所では、早速明日必要な〝豚ハム〟の下準備をしていた。

スーパーにも加工されたハムがあったけれど、ここはあえて手作りにすることにした。

手作りの優しい味にしたかったというのもあるけれど、私自身、ハムを手作りするのが好きなのだった。

豚肩ロース肉に香草や塩、コショウ、ハチミツなどの下味を塗り込み、布で包んでしばらく置いておくの。

その間に、別の下ごしらえをしなければ。

ミートボール用に肉だねを作ったり……鍋《なべ》で水と砂糖と醤油《しょうゆ》、重曹を煮て、黒豆を浸《つ》けてしばらく放置しておいたり……栗きんとん用にサツマイモを茹《ゆ》でて、皮をむいて、とにかく丁寧に裏ごししたりする。

栗きんとんとは、栗の甘露煮に、このサツマイモの餡《あん》を和《あ》えた甘いお料理で、おせちの定番だ。栗の甘露煮は文門の地の唯一の人気土産である〝金の栗星〟という商品があり、時間もないのでそれを使うことに。

「あ。確かにこれ美味しい……私もお土産で買って帰ろうかな」

つまみ食いして、独り言。この栗の甘露煮を、裏ごししたサツマイモと混ぜると、美味しい栗きんとんが出来上がる。

「葵。必要なものは全て揃えられそうだと千秋が言っていたよ。重箱も必要な数を用意できるらしい」

「よし。なら予定通りにできそうね。千秋さんに連絡してくれてありがとう、大旦那様」

明日の食材の発注を大旦那様に任せていた。さっきまで文通式《ぶんつうしき》で、千秋さんとやり取りをしていたようだ。

「甘い良い匂いがするね」

大旦那様が土間に降りてきて、私の作業を覗き込む。

「栗きんとんを作ったのよ。そうだ……大旦那様、パンケーキ食べる？」

「唐突だな。パンケーキも明日のおせちで使うのかい？」

「そういうわけじゃないけど、下準備は終わったし、残りは明日の朝にしかできないからね。疲れたし小腹も空《す》いたかなーって。ちょうど栗きんとんがあるし、これをパンケーキに添えて試食してみない？」

「いいね。食べたい、食べたい」

食べたい食べたいって……

ニコニコして乗り気の大旦那様。大旦那様とパンケーキだなんて、昔は似合わないと思っただろうけど、最近はお似合いな気がする。なんでだろう。可愛いから？

「え、えーっと。じゃあそこで待ってて。すぐに作るから」

「わかった！」

いつものように良いお返事。

そして居間で健気《けなげ》に忠実に待機する大旦那様……

早速、米粉と卵、豆乳とハチミツ、スーパーで買ってきた北の地産のヨーグルトをボウルで混ぜる。北の地と密接な関係にあるだけあって、乳製品は多く取り揃えられていて入手には困らなかった。

小さめで薄めの米粉パンケーキ。これを生地が無くなるまで焼いた。

分厚いものではないので、すぐ焼けてくれる。香ばしく甘い香りが漂ってくる。

「ああ、いい匂い」

このハチミツの香りが好きだなあ。

大旦那様がウズウズして待っているので、お皿にこのパンケーキを五枚ほど重ねて、上に栗きんとんをこんもりのっけて、粉砂糖をふりかけて出来上がり。

「はい、どうぞ」

「おお。これはまた珍しいパンケーキだな」

「分厚い釜《かま》焼きや、半熟のパンケーキも美味しいけれど、薄めのものを重ねたパンケーキも軽くいただけて美味《おい》しいのよ。それに米粉のパンケーキだからもちもち感があって、ちょっとだけヘルシー」

ナイフとフォークをしっかり使いこなし、大旦那様はパンケーキを上からサクッと切ってしまった。重ねられたパンケーキにナイフを入れると、その箇所が一度グッとしぼんで、ナイフが通ってしまうとまたふわっと戻る。見ているだけで崩れないかハラハラするが、大旦那様は上手に切って口に運ぶ。

「確かに軽く食べてしまえるな。米粉だからか、栗きんとんの上品な甘さも引き立つ」

「あー、夜中だし私はやめとこうかと思ったけど、大旦那様が美味しそうに食べるから、お腹すいてきちゃった。やっぱり食べよう」

「それがいい。一緒に食べよう葵。やはり美味《うま》いものは、分かち合わねば」

大旦那様の主張に、思わずクスッと。でも、確かにそうかもね。

台所に戻り、焼いたパンケーキの残りを自分用に重ねていた、そんな時だった。

「ん……音？」

なにやら台所の勝手口の向こう側でトントンと戸を叩《たた》く音がする。最初は風かなと思っていたけれど、同じリズムでやはりトントンと戸を叩く音がする。

大旦那様も気がつき、土間に降りてきた。私と大旦那様は顔を見合わせる。

「こんな夜中に？」

「……誰だろうな」

大旦那様は警戒した表情になり、勝手口の戸を思い切り引いた。

私は大きな大旦那様の背中越しに、恐る恐る外を見る。

しかし誰もいない。

先ほどの音は、風の仕業だったのだろうか。

「葵、下だ」

「下？」

大旦那様に言われて視線を下に落とすと、なんとそこには白髪の女性が倒れているではないか。

「えっ！　ええぇ⁉　ど、どうして⁉」

大旦那様が無言のままその女性を抱き起こす。

まだ若く、白髪をハーフアップにしてリボンで結った振袖《ふりそで》のお嬢さんだ。

近所の女学生だろうか。いや、学生服ではないし、高級な振袖から見ても、どこぞのお金持ちのご息女という感じ。というかなぜこんなところに……⁇

「な、何か……何か食べ物をくださいませ」

女性は、具合の悪そうな形相で食べ物を請う。

「葵。この娘は腹が減ってるらしいぞ」

「あ、あわわ。何か、何か食べられそうなものないかしら」

お腹が空いている、と聞くと少しパニックになる私。

「落ち着け葵。大丈夫、パンケーキがあるだろう？」

「そ、そうだった。パンケーキ。ちょうど焼いていてよかった」

大旦那様がその女性を抱きかかえ、居間に連れていく。

私はその姿に、なぜだか目を奪われてしまった。

「………………」

まるで映画のワンシーンを切り取った瞬間のような、美しいものに見えたのだった。

可憐《かれん》で美しいお嬢さんと、誰がどう見ても美男の大旦那様。その二人が、なんだかとてもお似合いで、絵になる。

私ではこうはいかないだろうと思ってしまって、少しズキンと、胸が痛んだ。

今までこんな感情、抱いたこともなかったのに。

「どうしたんだい、葵」

「い、いえ！」

ちょうどお皿に重ねていた、薄焼きのパンケーキを二枚使って、栗きんとんを挟んでどら焼き風にして持っていく。

「お、お腹……お腹空いた……」

「ほら。葵のこしらえた焼き菓子だ。これを食べなさい」

大旦那様がその女性の口元に、栗きんとんを挟んだパンケーキを持って行く。すると彼女は匂いを確かめ、小さく口を開けて一口かじる。

それが食べられるものと分かってからは、さっきまで曖昧《あいまい》な場所を見ていた瞳《ひとみ》に光が戻り、これをガツガツ食べる。

お嬢様風の格好なのに、それはもうワイルドに。

「…………」

私と大旦那様が呆気《あっけ》にとられていると、その女性があまりに勢い良く食べていたので、喉《のど》を詰まらせ噎《む》せてしまった。胸をトントンと強く叩いている。

「水をゆっくり飲むといい。急いで食べると危ないよ。気をつけなさい」

大旦那様が呆《あき》れた口調で、しかしやはり面倒見良く、その女性の口元に水の入った湯のみを持って行く。女性はゆっくりと、水を飲み、やがて落ち着いた。

その様子が、また少し、もどかしい。

悶々《もんもん》としてしまうのは、やっぱり私が、大旦那様のことを意識しているから……なんだろうなあ。ああ、謎の敗北感。

「ふう。お見苦しいところをお見せしてしまいました」

「白髪に黒い瞳……君は、一反木綿かい」

「はい……あっ」

その女性は大旦那様に抱き起こされていることに気がつくと、若いお嬢さんらしく頬を染めてバッと離れ、部屋の隅っこで正座のまま綺麗《きれい》なお辞儀をする。

「わたくし、一反木綿の羽多子《はたこ》と申します。南西の地にある黒崎屋《くろさきや》という履物屋の娘でございます」

大旦那様は「ほお、黒崎屋か」と、何やら思い当たることがあるよう。

ピンとこない私に、大旦那様は説明をしてくれた。

「隠世《かくりよ》でも今一番勢いがあると言われている履物屋だよ、葵。草履や下駄《げた》などを取り揃えている。特に黒崎屋の草履は軽くて丈夫で、何より歩きやすい。僕も愛用している」

「へ、へえ」

草履の良し悪しを今まであまり考えたことはなかったが、もしや私の草履も……？

「それにしても、力の漲《みなぎ》る美味しいものをいただきました……っ」

羽多子さんが袖《そで》を口元に当て、さっきまでパンケーキののっていたお皿をじっと見つめている。

「ああ、あれは栗きんとんを挟んだ米粉のパンケーキよ」

「ぱんけーき……？」

「あなた、どうして外で倒れていたの？　びっくりしちゃったわ」

「確かに妙だな。そもそも黒崎屋のご息女がどうしてこんなところにいるんだ？」

「え、えと、それはその……」

羽多子さんは口元に手を当ててもじもじとしていたが、

「その、人を探していて……わたくし、衝動的に南西の地を飛び出し、宙船《そらふね》に乗ってここまで来たのです。しかし船の上でお金が無く困っている老人がいたので、持ち金を全て与えてしまい、この地に着いてからは飲まず食わずで……っ」

「……えーと」

それって、邪《よこしま》な心を持った者にカモられたのでは？

「あああああ、わかっているのです、わかっているのです。わたくしが愚かだったことは！　しかしその時は全く気がつかないのでございます。こんなわたくしをいつも皆は、世間知らずとか、脳内お花畑とか申します。否定する気は毛頭ありませんが、お金が無く困っている方を、どうしても見捨てられない性分でして。しかしこんなわたくしだから反之介様も嫌気がさして、見向きもしてくれないのでしょう」

「……え、えーと」

羽多子さんは畳に伏しておいおい泣く。

その自虐的な物言いにもどうしたことかと思うが、それよりも一番気になったのは、

「反之介って、あの八幡屋の？」

「ええ、そうでございます！　もしやあなた方、反之介様の居場所をご存じで!?」

「ご存じも何も、昼間に葵の手作り弁当を奪おうと狸を追い回す反之介を見たよ」

大旦那様が淡々と教えてあげると、羽多子さんは「何と!?」とキラキラした顔をして、手を合わせて宙を拝む。

「やはりあの方はここにいらっしゃるのですね！」

「あのー、羽多子さんはあの反之介の……いったい何なの？　恋人？」

もう単刀直入に尋ねる私。

「いいえ、許嫁《いいなずけ》ですわ！　わたくしと反之介様は、親同士によって決められた、婚約者同士なのです」

「…………」

「あ……っ、すみません。わたくしの話ばかりベラベラと。あの、お二人のお名前をお伺いしてもよろしいでしょうか」

衝撃的な事実を前に自らが名乗っていなかったことに、今更気がついた。

「ええと、私は葵」

とりあえず苗字《みょうじ》を名乗るのはよしておこう……

「まあ、何て風流なお名前。よろしくお願いいたしますね、葵さん」

羽多子さんも私が津場木史郎の孫娘だとは気がついていない様子。

「僕は、陣八《じんぱち》だよ。葵の夫だ」

「ちょお」

「まあ、やはりお二人はご夫婦でいらしたのですね！　そうなんじゃないかと思っていましたの。仲睦《なかむつ》まじい様子が見て取れますもの。わたくしもいつか反之介様とともにつつましやかな新婚生活を送りたいものです」

「………」

ああ、はい。私もつっこみ損ねたし、もういいです。

大旦那様は妙にご機嫌だし。またしても謎の敗北感。

「しかしあの反之介に許嫁がいたとはね。鈴蘭を追いかけてばかりいたから、そんな話はないと思っていたが……そういえば親父殿に政略結婚させられそうと言ってたな」

「でも、許嫁をほったらかして別の女の人を追いかけてたんだから、やっぱり呆れた男よ」

「大丈夫だよ葵。僕は決して、別の女を追いかけたりはしない！」

「反之介様は悪くありません！　わたくしに、反之介様を振り向かせられる魅力がないのが悪いのですわ！」

「ちょ、ちょ、ちょ、二人ともそれぞれ勝手に主張しないで」

大旦那様に関してはまずそんな心配してないし、羽多子さんに関してはもう何が何やら。

「わたくしには、芸妓《げいぎ》の鈴蘭さんのような美貌《びぼう》も、色香も、芸も知性も気品もありません。反之介様に振り向いていただきたいと、努力はしてきたのですが、やはりわたくしは、あのお方の妻になる素質など無いのです。反之介様には釣り合いませんもの」

しゅん、と肩を落とす羽多子さん。

私と大旦那様は今一度顔を見合わせ、首を傾げる。

このひとなに言ってんだろ。みたいな。

「君は……反之介のことを異常に高評価しているみたいだが、あいつは僕から見てもどうかと思うよ。色々と素行が悪く、不真面目だ」

「そうよ！　鈴蘭さんはあの男にストーカーされて大変だったんだから。それにあなたは十分べっぴんさんよ。あまり自分を卑下しないで……私がむなしくなっちゃうわ」

大旦那様のそばにいても、十分釣り合う、絵になるくらい綺麗なお嬢様。

騙《だま》されたとはいえ、困っている人を見捨てられないという、純粋でとても優しい女性だ。

そもそもなんで、こんなに綺麗で一途《いちず》な人が、あの反之介を？

わからない……全然わからないわ。

「明日《あした》、この羽多子殿もきりかぶの家に連れて行ってあげよう。反之介も来るだろうからね。しかしあいつは八幡屋を追い出された身。今後どうなるか、その保証もないし、あいつにも何かを成そうというやる気は感じられない。それでもあいつが好きなのかい？」

大旦那様が真剣に問う。

羽多子さんは目を伏せながらも、確かに頷《うなず》いた。

「ええ。誰もが皆、それを不思議そうにして私に問いました。あんな奴はやめておけ、あんな奴でいいのか、と。しかしわたくしは、一度反之介様に助けられたことがあるのです。その恩を忘れられないのですから、どうしようもありません。たとえあの方が、誰から見ても、クズだとしても」

「……羽多子さん」

恩を、忘れられない……か。

クズだって言い切るということは、反之介が問題ばかり起こしていると、ちゃんと知っているのだろう。

それでも羽多子さんは反之介を追いかけて、見知らぬこの地までやってきた。

いったい彼女は、何を反之介に助けられたというのだろう。

そして明日、反之介に会ったとして、彼をどうするつもりなんだろう。

第五話　大晦日のおせち（下）

翌日の午後。きりかぶの家に嫌々やってきた反之介の、羽多子《はたこ》さんを見た時の表情は、それはそれはわかりやすいものだった。

苦手な奴に出くわしたというのが顔面中に現れまくっていて、反之介は即座に逃げ出したほどだ。しかし「待て待て」と大旦那様《おおだんなさま》に襟を引っ張られて、連れてこられる。

「なんで羽多子までいるんだっ！」

「ひっ、やはりご迷惑だったでしょうか⁉」

「はいストップストップ。あなたたち二人の問題も気になるけど、今日は忙しいでしょうから後にしてちょうだい。私たちは今夜、シロツメ館の子どもたちにおせちを振舞うのがお役目よ。まずは会場のセッティング。ほら、二人ともたすき掛けして」

私はテキパキと説明をして、反之介と羽多子さんにたすきを手渡した。

羽多子さんはお嬢様ながらにたすき掛けのやり方は心得ているよう。一方反之介は掛け

「反之介様《たんのすけさま》……っ！」

「⁉」

方がわからないみたい。

仕方がないわね、と私がしてあげようと思ったが、なぜか大旦那様が私からパッとたすきを取って、直々にたすき掛けしてあげている。

反之介、いつも以上に真っ白。近い距離にいる大旦那様にビビっている……

まずは生徒におせちを振舞うシロツメ館の教室に向かった。

普段は使うことのない教室ということだが、やはり学校らしく、勉強机が並んでいる。

私が小学生の時に使っていたものより大きく、使い勝手は良さそうだが、作業をするにはもう少し大きな台の方が良い。なので……

「班を作ってレクリエーション風にしようと思うの。きっと盛り上がるわ！」

「は？　レク……なんだ？」

「机をこうやって、四つ並べると大きな作業台になるでしょう？　ここに大皿に盛ったおせちを持ってきて、班員で協力しあっておせちを重箱に詰めるの」

「四人班ならば、十班はできそうだね」

「ええ。きっと十通りのおせちの重箱ができるわ。自分たちで詰めたおせちなら、もっと美味しく食べられるでしょうし」

子どもの武器は、その好奇心にある。

自分がおせちを一生懸命詰めるという体験は、その一つ一つのお料理をしっかり見て、向き合うということでもある。

匂い、色、造形……私の作るおせちは、彼らの好奇心を、どれほど擽《くすぐ》れるだろうか。

食べてみたい、に繋《つな》がるかな。

「よし。じゃあ反之介と羽多子さん、そして千秋《ちあき》さんは、ここの教室で会場作りをお願い。楽しい楽しい大晦日《おおみそか》レクリエーションの雰囲気作ってね」

「わかったっす、葵《あおい》さん。ちょっとこの面子《メンツ》だと不安ばかりっすけど」

「ご、ごめん……千秋さん。厄介なお役目を押し付けちゃって」

「大丈夫っす。後から楓《かえで》も来てくれるみたいっすから。それまではなんとかこのポンコツチームで頑張るっす」

「貴様！　僕をポンコツとは何様のつもりだーっ！」

反之介が千秋さんに食ってかかる。千秋さんは「ヒイッ」とすでに及び腰だが、

「言っとくけど反之介。千秋さんはあんたと立場は同等なのよ？　むしろそこに天神屋《てんじんや》の幹部とか、右大臣《うだいじん》の弟とか、たくさんの肩書きくっついてるんだから、ぶっちゃけあんたより大物よ」

「う、うぐ」

そう。ここでは反之介が特別偉いわけではない。

反之介がここで改心、なんて都合のいい展開になるとは思わないけれど、千秋さんの姿

を見て何か感じてくれたらいいんだけど……ね。

「葵、葵。僕は⁉」

さて。役目をなかなかもらえない大旦那様、しびれを切らして猛烈なアピールを始める。

「えーと……大旦那様は、調理場で私のお手伝いよ。残りのおせちを夕方までに作ってしまわないとね」

「よしっ。葵の役に立てるぞ！」

「大旦那様って本当にお手伝い好きよねー」

ガッツポーズまでして普通喜ぶ？

まあ、だからこそ今回の助手に選んだのではあるけれど。

「爪は？」

「切った！」

私に両手を見せつける大旦那様。うーん……かわいい……

これは私が大旦那様のことが好きだから可愛く見えるのか、誰から見てもそうなのか、何なのか……あれ、このひと元々なんだったっけ。鬼？　鬼って何⁇　皆に怖がられてる邪鬼……うう〜ん？

「はっ。だからのんびりしてる暇ないんだって！　行くわよ大旦那様、千秋さんここよろしくね」

「了解っす〜。調理場には必要なもの全部置いてるっすから〜」

「ありがとう！　反之介も千秋さんに迷惑かけずにしっかりやるのよ。羽多子さんもお手伝いよろしくね！」

「けっ」

「わ、わたくし頑張ります、葵さん」

そして私たちは、それぞれの役目を担い、今夜の大晦日レクリエーションに向けた準備を開始するのだった。


シロツメ館に隣接する調理場。

かつてはここで料理を作り、孤児院の子供達の食事を賄っていたらしいが、今は調理師のなり手もおらず工場に委託して日々の食事をそこから運んでいるらしい。

使われていない調理場ではあるが、しっかり掃除されていて綺麗《きれい》だし、問題はない。

「あ、重箱」

今日使うおせち用の重箱も用意されていた。

「漆塗りの四角い重箱……古いけれど立派なものね」

「千秋が古いものを実家から引っ張り出してきたそうだ」

十字仕切りにされた二段の、誰もが重箱と聞いて思い浮かべる品だ。

合計八つのスペースと、用意してもらった小さめの器を複数、これらを上手に使って、各班員が協力しあってお料理を詰めて、自分たちだけのおせちの重箱を作る。

・自家製豚ハムのチーズ&とろろ昆布巻き
・食べやすい小さな筑前煮《ちくぜんに》
・伊達巻《だてまき》
・甘口ミートボール
・カニカマ入り紅白なます
・エビとトマトとアボカド入りの角切りサラダ
・サーモンといくら入りのカップ寿司《ずし》
・黒豆と栗きんとん

用意しようと思っているお料理は主にこの通りだ。

「豚ハム、黒豆と栗きんとんは昨日から仕込んどいて、今朝仕上げたでしょう。伊達巻も作り置きしているし、ミートボールのタネは出来上がっているわ。まずは私が大鍋《おおなべ》で筑前煮を作ってしまうから、その間に大旦那様はミートボールをゴルフボール大に丸めてちょうだい。……ゴルフボールわかる？」

「わかるとも。現世《うつしよ》に行くと接待ゴルフを楽しむことがあるよ」

「あ、そう」

大旦那様がゴルフをしている姿を想像すると笑ってしまいそうになるが、私はすぐに気を引き締め、作業に取り掛かった。

まずは筑前煮。

筑前煮はよく作る煮物だが、今回は子どものための筑前煮ということで、鶏肉は骨なし、そして野菜も小さめに切って作ることに。これは以前、折尾屋《おりおや》で天狗《てんぐ》親子のために作った筑前煮のアレンジね。

筑前煮を煮込んでいる間に、私は大旦那様が丸めたゴルフボール大の肉団子を、甘めのケチャップソースで煮込んだ。つぶつぶコーン入り。子どもが大好きな味。

次に、自家製豚ハムのチーズ＆とろろ昆布巻き。

これはいわゆる昆布巻きの代用であるが、昨日仕込んで作った簡単豚ハムを薄く切って、とろろ昆布とチーズを巻いて、爪楊枝《つまようじ》で刺して固定する簡単なもの。

普通の昆布ではなく、子どもも好きなとろろ昆布にして、食べやすさアップ。北の地と隣接していることもあり、栄養価の高いチーズを日頃の食事にも取り込んでいるとかで、ここの子どもたちはチーズを食べることに抵抗がないらしく、今回作ってみることにした。

「おー、よしよし。豚ハムもちゃんとできてるわ」

一日で作ったものだが、ブロックを端から切ってみると、しっとりとしていて自然なピンク色。試しに一つ、チーズを細長く切ってとろろ昆布と一緒に豚ハムに巻いてみる。大旦那様に試食してもらうと……

「おお！　これは思いのほか美味だな。酒のつまみに良さそうだ」

「そうねえ。おじいちゃんのお気に入りのおつまみだったからね。本当は梅肉も挟むとよりおつまみ感が出るんだけど、今回は子どものためのおせち料理だから梅肉はなしで」

「なるほど」

薄味でハチミツの甘みが少し感じられる豚ハムだからこそ、チーズの塩気ととろろ昆布の旨《うま》みが引き立つわね。大旦那様と一緒になって、手作業で四十個作ってしまった。

「よし。順調。次に紅白なますよ」

紅白なますはおせちの定番。基本は、大根とニンジンを千切りにして、砂糖と塩とお酢で調味したお料理。紅白の色合いが、昔から縁起がいいと言われている。

まずは大根を千切りにしていると、隣でカニカマをほぐしている大旦那様が、

「普通の紅白なますではなく、なぜカニカマ入りなんだ？」

「だってカニカマも紅色でしょう？　酢の物にカニカマ入れると美味《おい》しいし」

「意外と単純な理由なんだな。ニンジンは使わないのかい？」

普通の紅白なますよりカニカマの風味と旨みが加わり、食べやすさがグッとアップする。

あとおかずの一品としても、食べ応《ごた》えが出てくるのだ。

普通の紅白なますの方が品があってお正月らしいけれど、今回は子どもが食べやすいのが第一のコンセプトだ。

「今回の場合はね」

カニカマ入りだっていいじゃない。縁起の良い、紅白であることに変わりないし！

さあ、大根に塩をまぶして放置。その間に、調味料を合わせる。

「米酢、砂糖、昆布出汁《だし》を混ぜ合わせて、ちょっと柚子《ゆず》の果汁を加えておくのがオススメ。ここに柚子の皮も刻んで入れて、より風流で爽《さわ》やかな香りをつけたいところなんだけど、子どもたちの食べやすさのハードルが上がっちゃうかもしれないから、今回はなし」

「ふむふむ」

「さあ。大旦那様のお仕事よ。塩をまぶしておいた大根をぎゅっと絞って、さっきほぐしたカニカマと混ぜてちょうだい」

大旦那様にボウルでその作業をさせつつ、私は合わせた調味料を頃合いを見てそこに加え、また混ぜてもらう。

「うん！　美味しい、食べやすいわ！」

「本当か!?　僕も食べてみたい」

「はいはい。あーん」

大旦那様が素直に口を開けるので、私はその口に紅白なますを箸《はし》で……

って、なんで当たり前のようにあーんしてって言ってるの私⁉

「うん。確かに食べやすくて美味《うま》いな。酸味も薄めで」

大旦那様は平然ともぐもぐしてるし。

私だけがこんな新婚のいちゃつきみたいなものを意識して、興奮してるみたい。なんか恥ずかしいです。はい。

「〜〜大旦那様。もう紅白なますは出来上がったから、次に行くわよ」

「了解だ。僕は葵にどこまでもついていくよ」

忠実な助手の大旦那様。

次に、エビとトマトとアボカド入りの角切りサラダだ。

これはいたって簡単。

トマトとアボカドを小さめの角切りにして一緒に混ぜ合わせ、ガラスの鉢にどっさり盛り付ける。その上に、ゆでエビをたっぷりと飾る。

「おお、豪快だな。それに色合いが綺麗だ」

「後からオーロラソースもかけて、子どもたちに角切りの野菜を混ぜてもらおうかなって。オーロラソースが小さめに角切りした野菜にしっかり馴染《なじ》むから、普通のサラダよりぐんと食べやすいのよ。トマトなんか特にね」

ゆで卵やツナ缶なども混ぜると食べ応えが出てくるが、今回はシンプルに、トマトとアボカド、エビだけにしておく。

ガラスの大鉢に入れたのは、中身を子どもたちに見せたいから。

角切り野菜の色合いがとても綺麗で、可愛くて、女の子は好きなんじゃないかな。細かく仕切られた重箱の一角に、子どもたちはどのように盛り付けるだろう。小さな透明の器があるので、カクテルサラダにしても良い。

「よーし、最後はちらし寿司を～」

と、その時だった。

「あああぁ～～～っ！」

遠くから千秋さんの絶叫が聞こえて、ビクッと飛び上がる。

それと同時に、何か陶器かガラスのようなものが落ちて割れたような音も。

「行こう、葵」

「え、ええ。何かあったみたいね」

私と大旦那様は急ぎ、大晦日《おおみそか》レクリエーション準備中の教室へと向かう。

するとそこには……

「なーにが大晦日だ。なーにがみんなでおせちだ。ガキ扱いしやがって、くっだらねえ」

「ソーダソーダ」

「あっちゃんの言う通りだぞ」

悪ガキ三人組が、寄せた勉強机の上に立って、飾っていた花瓶と花を蹴散《けち》らして、箒《ほうき》を刀のように構えて大笑いしていた。

中心に立つリーダー格の悪ガキは、よくよく見ると女の子でびっくり。

「なんだい、あの絵に描いたような悪ガキは」

「シロツメ館五年生の問題児たちっすよ大旦那様。楓が別の教室で子どもたちにしめ飾りの作り方を教えていたっすけど、そこから抜け出してここに来て、教室はご覧の有様っす。特にリーダー格のアッ子は悪ガキをまとめ上げる女ガキ大将っすから」

「女ガキ大将……」

あっちゃんは、人間でも小学五年生くらいだろうか。

男の子のように短い白髪をしているが、まつげが長くて切れ長な黒い瞳《ひとみ》がクールビューティー。そばかすもチャームポイントだ。

だけど、あれ。そういえば彼女のことを、私はどこかで見た気がする。

あの黒い瞳は、とても印象的で……

あ。そうだ、院長様に昨日おせち作りの依頼を受けていた時、ドアの隙間から覗《のぞ》いていた子だ。

「き、きき、貴っ様――――っ！」

ここでもう一人いた大きな問題児こと反之介が、女ガキ大将率いる三人組に向かって指を突きつけた。反之介は怒りに震えている。

「嫌々ながらも！　この八幡屋《やはたや》の跡取りである僕が！　直々にお前たち孤児のために花を摘んだり、横断幕を作ったりして、教室を整えていたというのに！　それをしっちゃかめっちゃかにしてくれやがって〜〜っ！」

するとあっちゃんは大人びた冷たい視線で反之介を見下ろし、嫌味ったらしく「はあ　あ？」と。

「なーにが、八幡屋の跡取りである僕が、だ。てめえ八幡屋のバカ息子だろう」

「バ、バカ!?」

あっちゃんは机から飛び降りると、ひらりと反之介の目の前に降り立つ。

そして、キツく反之介を睨《にら》み上げ、皮肉たっぷりの口調で饒舌《じょうぜつ》に語った。

「南西の地の八葉《はちよう》、八幡屋。お前は贅沢三昧《ぜいたくざんまい》して気がついてないみたいだが、もうずっとお前んところは赤字まみれ。大事業に失敗した煽《あお》りをくらって、うちの親父は人員削減で八幡屋系列の呉服屋をクビになった」

「……な、なに？」

あっちゃんは反之介の、何も知らなそうな反応に、やはりと言いたげな呆《あき》れた顔をして続ける。

「お袋は下の妹だけ連れて蒸発するし、親父は犯罪まがいなことに手を染めてしょっぴかれた。身寄りのなくなったあたいは、こんな窮屈なきりかぶに閉じ込められて、やりたくもない勉強を強要されてるってわけだ」

「そ、そんなこと僕には関係ないだろう。お前の親父をクビにしたのは僕ではない。僕を責めるのは、お門違いってものだ」

「お門違い、だあああ〜〜〜？　ふざけんな！　八葉はその地の民を守らなきゃならないってのに、お前たちが何かやらかすたびに、追い詰められるのはその地の民なんだよ！　そのくせ、お前たちは贅沢三昧、知らんぷり！」

あっちゃんの憤りを込められた言葉に、ここにいる誰もがハッとさせられる。

ここにいるのは、八葉である大旦那様、そして今後八葉になる可能性を秘めた千秋さんと、反之介だからだ。

八葉とは、大商人であると同時に、領主の役割を担っている。

領主の失敗は、その地で働く者たちに跳ね返ってしまうのだ。

「大旦那様……あの子の話は、本当？」

「ああ。確かに最近の八幡屋は、他の地にある新興の呉服屋の勢いに押されているところがあった。南西の地とは、もともと八幡屋を筆頭に、繊維産業と衣類産業が盛んな土地で、八幡屋は中でも、富豪層を狙った高級路線の着物を展開していたのだが……」

　大旦那曰く、最近は使い勝手がよく、程よく洒落ていて、なおかつ価格の優しいものが売れている、のだそうだ。千秋さんも頷《うなず》きながら、大旦那様の話に付け加える。

「八幡屋の今の親父殿は古き良き伝統を重んじ過ぎて、方針の転換をし損ねたっす。需要を見極めきれず、八幡屋の財政赤字は相当なものと聞くっすよ」

「はあ？　なんだそれは、僕はそんなこと知らないぞ」

「……知らない？」

反之介の物言いに、大旦那様はその赤い瞳を冷たく細める。

「そうだろうな。お前はそんなこと、一つも気にしてこなかっただろうからな」

「…………」

「だがそれは、なんと罪な話だろうか。知っていて何もしないより、タチが悪い。向き不向き以前に、八葉となる資格がない」

そして大旦那様は、反之介の後ろでハラハラしながら控える、羽多子さんをちらりと見た。

「八幡屋の親父殿が、黒崎屋《くろさきや》のご息女とお前を結婚させたがったのも、それが理由だろう。黒崎屋は足に負担のかからない歩きやすい下駄《げた》や草履を独自の素材で開発し、成功に至っている。八幡屋は、もう黒崎屋に頼らなければ、立ち行かないのだ」

反之介は後ろで控える羽多子さんを振り返る。

羽多子さんは気まずそうに視線を逸《そ》らしてうつむいていた。羽多子さんはそのことを、十分に知っているみたいだった。

「なんだそれは……っ。だって誰も、誰も僕にそんなこと教えてくれなかったじゃないか。言われてないのに、知っているはずもない！」

反之介の物言いに、あっちゃんが腰に手を当て「はっ」と鼻で笑う。

「あたいだって知っているのに、お前が知らないなんて、あっきれた」

「な……」

「自分の呉服屋のことも、治めるべき土地のことも知らないなんて、よく恥ずかしげもなく言えるよな。あたいはお前のことはよく知ってるぜ。なんせ知ろうと思ったからな。あたいの親父をクビにした能無しの八葉ってのがどんな組織で、噂のバカ息子ってのは、どんな男なのか」

その物言いは子どものものとは思えないほど、大人びていた。

だてに、子ども達の悪ガキリーダーをしているわけではないらしい。子分達の羨望《せんぼう》の眼差《まなざ》しが、それを証明している。

あっちゃんは勢いそのまま、強く言い放つ。

「お前が文門《ぶんもん》の地《ち》に来てから、ずーっと後をつけて見ていたが、やっぱり思っていた通りのボンクラ男だった。お前みたいなのが八葉になることなんて、百害あって一利なしだ。誰も期待していないし、望んでない！　だからここで、ただただでかい赤ん坊として世話されながら、何者にもなれないまま死んでいけ！」

散々言われて、何も言えずに、一反木綿らしく真っ白になっている反之介。

「あっちゃんかっこいいー」

「あっちゃんマジ最高！」

子分たちがあっちゃんを持ち上げながら、当のあっちゃんは反之介を最後まで睨みながら、窓からひらりと飛び出し脱走した。

「あああ、待つっすよ～」

千秋さんが脱走した子ども達を追いかける。

「…………」

ここに残されたのは、私と、大旦那様と、羽多子さんと、反之介。

そしてめちゃくちゃにされた教室。

「あの……反之介様。そうお気を落とさず」

羽多子さんが反之介を慰めようとしたが、反之介は「うるさい、お前は黙っていろ！」と横暴な口ぶりで羽多子さんを突き放し、

「もうやってられるか！　僕は帰る」

子どもみたいに拗《す》ねてしまって、教室を出て行った。

「ああ〜。これはもう散々ね」

私は額に手をあてて、混乱したこの状況にため息。

大晦日だっていうのに……

「あの、すみません葵さん」

「ん、どうして羽多子さんが謝るの？」

「いえ、その。反之介様を怒らせてしまったのは、わたくしなので」

「君が謝ることではないよ。あれは反之介の自業自得なんだから。あのアッ子という子どもの言葉はまさにその通りで、反之介も言い返すことができないくらい、強い思いがこもっていた。何か奴に響くものがあればいいが……」

大旦那様は淡々とした声音のまま、羽多子さんに向き直る。

「もし君に謝ることがあるとすれば、あの男を甘やかし続けたことにある。八幡屋の親父殿や、他の連中もな。反之介は確かにどうしようもない男だが、八幡屋の抱える問題すら知らなかったのは、確かに何も知らされなかったからなのだろう。でもそれは、はなから見捨てていることと等しい」

「……見捨てて……いること」

「何も知らせず、甘やかしてばかりというのは、あの男に対し、誰も何も期待していなかったということでもある。叱ることはまだ、期待しているということなんだから」

大旦那様の言葉を聞いて、羽多子さんは胸元に手を添え自らの行動を省みているような、そんな表情をしていた。

何か、思い当たる気まずい感情があるというように。

「反之介様は、傷ついたでしょうか」

「そのくらいで丁度いい。あいつには良い薬だ」

そして大旦那様は、羽多子さんに向き直る。

「羽多子殿。あなたがまず変わられるのが一番良い。反之介とあなたなら、今ならばまだ対等になれるからだ。あなたがあいつへの態度を変えれば、反之介もまた、今まで気がつかなかったことに気がつくかもしれない。少しばかり、マシな男になるかもしれないから」

「…………」

羽多子さんはうつむきがちに、自分なりに大旦那様の言葉を噛《か》み砕き、小さく頷いた。

「ねえ、羽多子さん。羽多子さんは前に反之介に救われたことがあるって言ってたけれど、それはいったい何？　どうしてそこまで反之介がいいの？」

反之介をあれこれ言うのではなく、ただ純粋に聞いてみたいと思ったことだった。

羽多子さんはゆっくりと、遠い昔のことでも思い出すように語り始める。

「黒崎屋は……実は一度破綻《はたん》寸前まで経営が悪化していたことがあります。その頃は、わたくしも反之介様も、許嫁《いいなずけ》という関係ではありませんでした。ある日、反之介様は黒崎屋で買ったばかりの草履を持ってきて、これを作り直せとおっしゃったのです」

「つ、作り直せ⁉」

「ええ。それは特注の品でしたが、長時間歩くと足が疲れるから、とのことでした。反之介様はどこへ行くにしても宙船《そらふね》で移動し、そう歩くこともなかったのですが、その頃より妖都《ようと》によく遊びに行く様になっていて、街を練り歩くのにふさわしい草履を欲していたのです」

な、なんという自分勝手なクレーマー……

だけど、反之介のこのわがままなクレームが、黒崎屋を大きく変えることになる。

「私の父は、黒崎屋の草履の問題点を探り、考えました。どうしたらもっと歩きやすい草履を作ることができるのか、と。わたくしも父と共に考えました。体力があまりないのはわたくしも同じ。長時間歩くとすぐ疲れてしまうので、より軽いほうが良いのでは、草履裏が柔らかいほうがいいのでは、と意見を出したのです。そうして、父は弾力性のある素材を生み出し、それを草履裏に貼り込むことで歩きやすさを高めた草履を生んだのです」

羽多子さんは自らが履いていた草履を脱いで、私たちに裏側を見せてくれた。

そこには確かに、ゴムのようなスポンジのような、だけどまた少し違うクッション性の素材が貼られている。

霊素材という、隠世《かくりよ》独自の原料で作られた繊維素材とのことだ。

「新しい草履には反之介様も満足してくださりました。この草履を、とても褒めてくださったのです。おかげで八幡屋もその草履に関心を抱いてくださり、大きな支援の下、黒崎屋は資金に悩むことなく研究を重ね、草履裏にこの霊弾力素材を敷いた草履の商品化に成功しました。これが瞬く間に支持を得て、大きな利益を生んだのです」

そしてその後、黒崎屋は経営を改善して業績を伸ばした……と。

「なるほど。それは反之介様のわがままがなければ、決して開発のできなかったもの、ということね」

「それに黒崎屋は八幡屋の親父殿に、大きな恩がある、と」

羽多子さんは大きく頷き、続ける。

あのきっかけがあり、自分も家族も救われたのだ、と。

「だから、反之介のわがままも許すし、八幡屋に嫁ぎたいとも思っているの？」

「……はい。わたくしにできる恩返しと言えば、それくらいしかないと……思っていましたから。ですが、違ったのかもしれません」

羽多子さんは顔を上げた。今までと目の色が違う気がする……

彼女はぐっと表情を引き締め大旦那様に向き直り、深々と頭を下げる。

「わたくし、今になってやっと気がついたのです。あなた様は、天神屋の大旦那様だったのですね」

「えっ、どうして分かったの⁉」

私の方がびっくりしてしまい、言ったそばから自分の口を覆って慌てる。

自分からバラす馬鹿がいるか……っ。

しかし羽多子さんはそれほど大旦那様を恐れるわけでもなく、淡々と、

「お履きになっている草履が、以前天神屋の大旦那様に依頼されて作った特注品と似ていたので、気がつきました。今までの非礼をお許しください」

「いや……僕も少し、君を見くびっていたようだ。なかなか鋭く、賢く、何より恩義を忘れないお嬢さんのようだ。それに黒崎屋の仕事にもしっかり関わっているようで……なんというか、反之介にも見習わせたい」

履いていた草履で正体を見破られた大旦那様。

さすがの大旦那様もこれには驚いているよう。

「ただ、羽多子殿。義理堅い心はとても貴重なものだが、その恩人への思いを、決して恋と勘違いしてはいけないよ」

「…………」

大旦那様は今までと少し違う優しい口調で、羽多子さんに言い聞かせていた。

その言葉は……なんだか少し、憂いを帯びていて……

「あー。ったく、ふざけんじゃねえ～っ！」

「何で俺たちが片付けなきゃいけねーんだ！」

「ソーダソーダ」

「ええい、うるさいっすね。お前たちが暴れたんだから、お前たちで片付けるのが道理ってもんっす！」

千秋さんと院長秘書の呉竹《くれたけ》さんとで、悪ガキ三人組を連れて戻って来た。

流石にいつも子供たちの面倒を見ているだけあって、千秋さんの対応は手馴《てな》れたもの。

「すみません。大旦那様、葵さん。羽多子さん。ちゃんとこいつらに片付けさせます。すぐに教室を整えますから」

「ええ、それは大丈夫なんだけど……千秋さんも、ボロボロよ」

「ああ、このくらい平気っす。ちょっとばかり引《ひ》っ掻《か》かれただけで。ほらお前たち、しっかり謝るっす！　お前たちのために、おせちを用意してくれてるんっすよ！」

「はっ。おせちなんてクソ不味《まず》くてクソダサいもの、食ってられるかよ」

「ソーダソーダ」

「あっちゃんの言う通りだぞ」

「お～ま～え～ら～っ！」

千秋さんが尻尾《しっぽ》を逆立ててそろそろ怒りを爆発させそう。

なので大旦那様が肩を叩《たた》いてそれをなだめつつ……腰を折って子供たちに視線を合わせて、話しかける。

「確かにおせちは古臭いイメージがあるかもしれないが、葵の作るおせちは一味違うと思うよ」

「はあぁ～？」

大旦那様に続き、私もここぞとアピールしてみる。

「ダサいのが嫌なら、自分たちでおしゃれで今時にすればいいのよ！」

「は？」

「おせちの味は私の保証するところだけど、ダサさ脱却はあなたたちの腕次第よ。なんせお料理を重箱に詰めるのはあなたたちだからね」

「？？？」

三人組は私が意味不明なことを言っているので「このねーちゃん、頭大丈夫か？」とヒソヒソ言い合っている。

「もう少しで出来るから、片付けをお願いね」

「えー」

「ほらお前たち、ボロボロにした分、もっと綺麗《きれい》にするっす！　葵さんの作る美味《おい》しいおせちが食べられなくなるっすよ」

「……………」

千秋さんに叱られ、ブツブツ言いながらも会場を整え始めた子どもたち。ここに残ってくれたということは、少しはおせちにも興味を持ってくれたのだろうか。

ここはもう大丈夫だろうと思い、私と大旦那様は調理場へ戻って、おせち料理の用意を再開したのだった。

「みんな、しっかり手を洗った？　重箱の用意はできてる？」

「はーい」

「よろしい。じゃあ、各班の机に置かれたおせちを好きに重箱に詰め込んでね。ルールは全品目を絶対に入れること、よ。一番綺麗におせちを詰めた班には、現世のデザート〝ジャンボシュークリーム〟をプレゼントするわ」

大晦日《おおみそか》のレクリエーション。さっきまでの惨状はすでになく、教室では、いくつかの班に分かれて子どもたちがせっせと重箱におせちを詰めている。くっつけられた机の上には大皿に盛られた料理がそれぞれ並んでいる。

小鉢や小皿、花や扇の飾りなども使って重箱を彩り、自分たちだけのおせち弁当を作る。

その作業を、私たち大人が見守り、時にサポートしている形だ。

「あら。紅白なます嫌い？」

小柄な女の子が、紅白なますを見てしかめっ面になっていた。

「だって酸っぱいもん」

「カニカマが入ってるから食べやすいわよ。少し食べてみる？」

「……あれ、あんまり酸っぱくないね」

「でしょう？　じゃあ、ここに詰めてみましょう」

こんな風に、好きなものばかりを詰めないよう、さりげなく誘導しつつ……

「おお。立派なおせちだが、そんなに詰め込んで食べきれるのか？」

「全部食うよ。食べ物を残したら、悪い鬼に食われるって先生言ってた」

「そうだなあ。確かにお前は美味《うま》そうだ」

「えー？」

やんちゃな男の子のおせち弁当を覗《のぞ》き込みながら、大旦那様はクスクス笑う。

男の子は何も知らずに言ったのだろうが、隣にいる人こそ、隠世では悪い鬼と言われているひとで……でも、子どもを見守り、優しく手伝ってあげる大旦那様は、とても悪い鬼には思えなくて。

「あのう、葵さんっ！　弾《はじ》けちゃいました〜〜っ！」

「えっ、わ、ちょっと待ってね」

羽多子さんが見ていた班の重箱の蓋《ふた》が、閉まらないみたい。

それもそのはず、詰め込みすぎだ。

私の方で少し調整しつつ……って、わあ。右隣の班はエリートの集まりなのか、計算され尽くした美しい重箱が完成している。子どもって意外と侮れないなあ。

「つーか、蓋なんて閉めなくていいじゃん。ここで食べてしまうのに」

「え?」

左隣はあっちゃんが率いる悪ガキ班だった。

いやしかし、あっちゃんたちのおせちが、なかなか面白い。

重箱についていた仕切りを全て取り外し、ガラスの小鉢を複数並べておせちを詰め、彩り鮮やかな仕上がりとなっている。おまけにあっちゃんが外で詰んできた野花を隙間に飾ったりして、これまたおしゃれなのだ。最初から、蓋を閉める想定で詰めてはおらず、重箱風のお膳《ぜん》として利用しているのだ。

「凄《すご》いじゃない! おせちの重箱って感じじゃないけど、現世のおしゃれな和カフェにありそう」

「ったりめーだろ。あたいがダサいおせちなんて作るわけねえ」

「そーだそーだ」

「あっちゃんはふぁっしょんりーだーなんだぞ」

「……あ、あはは」

ファッションリーダーなんて言葉、どこで覚えたんだか。

だけど、確かによくよく見ると、この子は古着の着こなしが斬新《ざんしん》でおしゃれだし、髪型も一見短髪でボサッとして見えるが、均等なハネをあえてつけているようにも見える。どことなくバランスがいいし、こだわりを感じるのだ。

さすがは一反木綿《いったんもめん》。そういうセンスが、一族的にいいのかもしれない……なんて。

「ならあっちゃん、モデルさんを目指したらいいんじゃないかしら」

「はあ？　何？」

「現世で言う所の、服装や髪型の流行を作る、みんなの憧《あこが》れの的のひとのことよ。あっちゃんはセンスがいいし、うん。ぴったり！」

「……⁇」

への字の口をして、顔を真っ赤にするあっちゃん。

千秋さん曰《いわ》く、ファッションモデル的な職業は、隠世にもあるということなので、あっちゃんは「ま、考えとくよ」とまんざらでもない様子。

子どもたちはとても一生懸命になって、おせちを重箱に詰めてくれた。

どうすれば見栄えが良くなるのか、どうすれば全ての料理を詰めることができるのか、それを制限時間内にしっかりと考え、班員たちと協力しあって、こなしたのだ。

とぼけていたり、ツンツンしていたり、あっちゃんたちみたいな問題児もいるけれど、どの子も自立していて手が早いし、知恵が働く。たとえ親元にいなくとも、自分の未来を切り開くための力を、ここで養ってきた子たちなのだと、感心したものだ。

最終的には、激戦を制したあっちゃんチームが一等を取り、優勝商品であるジャンボシュークリームに食後にありつけることになった。あっちゃんたちは思いのほか一等を喜んでいたし、他のみんなも一等に匹敵するほど頑張ってくれたので、通常サイズのシュークリームを配りましょう。

さっきまでおせちを作っていた机を綺麗に整え終わると、自分たちでお料理を詰め込んだ重箱を真ん中に置き、取り皿を用意して、それぞれの班で席に着く。

そして、待ちきれないというように、手を合わせる。

「いただきまーす」

さあ。

おせちをみんなで食べましょう。

大晦日。今日は一年の終わり。

きっと一緒に時間を過ごす家族が、もっとも多い日。

家族のいないこの子たちにとって、その日が苦痛とならないように、楽しい食事ができますように。

「反之介様……？」

羽多子さんが教室の窓の外に何かを見つけて、慌てて教室を出て行こうとした。それを大旦那様が引き止め、何か言葉をかけて、彼が出て行った。

ちょうど、皆がおせちを食べ終わり、食後のシュークリームを喜んでいる時だった。

「千秋さん。ここはお願い」

「わかったっす」

私は大旦那様を追いかける。

「大旦那様、大旦那様！　反之介がいたの？」

「葵。お前は調理場に行って、余り物を詰め込んだ重箱を持ってきてくれ」

「……？　わかったわ」

大旦那様が何を考えているのかはわからないが、私は言われた通り調理場へと行き、余ったおせちを詰め込んでいた重箱を持って外に出る。

これ、持って帰って明日《あした》にでも食べようかと思ってたんだけどね。

「あ……」

反之介は校庭の隅っこの大きな木の下で、ふてくされたように座り込んでいた。木の枝には幾つかの鬼火が集っており、淡くぼんやりとその場を照らしている。

彼の元に大旦那様が行き、隣に座り込んで何か声をかけている。

私は木の後ろに回り込み、こっそりとその会話を聞いていた。

「よく戻ってきたな、反之介。どこかへ行ってしまったのかと思っていたぞ」

「ふん」

「ま、逃げたところで、今のお前には行き場も無ければ、頼る者もいないだろうがな」

「…………」

「子どもに言われてしまったのが、そんなに応えたかい。自分が誰にも頼りにされておらず、期待もされていないということは、意識してしまうととても恐ろしい。お前はやっと気がついたんだよ。自分が、一人だってことに……」

そして大旦那様はおもむろに煙管《キセル》を取り出し、ふかし始める。

「何が言いたい、天神屋の大旦那。僕を馬鹿にして、コケにして、それで満足か。邪険にされ、逃げ場がないのはお前も同じだろう。じきに妖都から追っ手が来るぞ」

「わかっている。だからこそ、だよ」

反之介は「はあ?」と。大旦那様の言葉の真意は、私にもよく分からない。

だけど、重ねてしまっているのかな。八幡屋に戻ることのできない反之介と、天神屋に戻ることのできない自分を。

「自分が一人だということに気がついて、やっと進み出せる足もあるというものだ。反之介、お前にはもう、八幡屋の若様という肩書きなど無いに等しい。ならばただの反之介として、外の冷たい空気を浴びてみるといい。失うものが何もなければ、できることもあるだろう」

「……っ何を。今更僕を受け入れてくれる場所なんて無い」

「ならば天神屋に来るといいよ」

「……は？」

木の裏側にいた私も、大旦那様の提案に思わず「はい？」と声が出てしまった。

おかげで大旦那様や反之介に、私がここにいるとバレてしまう。

盗み聞きをやめて、おとなしく表に出てみた。

「あっはっは。僕の鬼嫁は本当に盗み聞きが好きだね」

「そ、そうじゃないけど……っ、ただ出るタイミングを見つけられなかっただけよ」

フイッとそっぽを向く私を横目にクスクス笑いながら、大旦那様は私の抱える重箱を受け取り、蓋を開けた。

「ほら。反之介。文門の地の飯はまずいと言っていたお前だ。腹を空《す》かせているのではないか？　僕の妻が丹精込めて作ったおせちを食べるといいよ」

「…………」

反之介は本当にお腹が空いていたみたい。

重箱に詰めたおせちをじっと見て、あからさまにごくりと喉《のど》を鳴らすと、もう耐えきれずに箸《はし》を取り、ガツガツと食べ始める。

「それで、反之介。今一度言うが、お前、天神屋でしばらく働かないか？」

「正気か？　この僕を天神屋に？　お前たちの宿に、大砲を撃ち込んだことすらあるのに」

反之介は解せないという警戒心ばかりの表情で、大旦那様を睨《にら》んでいる。

口の周りにちらし寿司《ずし》の米粒つけて。

「そもそも、今後天神屋が存続できるかどうかすら危ういだろう」

「ああ、そうだ。僕があの宿に戻ろうが戻るまいが、天神屋は今後苦境に立たされるだろう。だからこそ、お前を誘っているんだよ、反之介。辛《つら》く険しい場所に立ってみろ。きつい思いをたくさんするだろうが、なんとか踏ん張ってみろ。天神屋もお前と同じく、どん底から這《は》い上がるのだ」

どん底から、這い上がる。

その言葉に、反之介の目の色が変わった。

警戒が揺らぎ、何かにハッと気づかされたような、そんな顔をしている。

「しばらくうちで働き、いずれお前が八幡屋に戻れそうだと判断したら、戻ればいい。しっかりしたお前を見れば、後の八幡屋の経営者として、お前に期待を寄せる者たちも出てくるかもしれないからな」

「……僕に……期待……？」

「そうなるように、うちで鍛えるつもりだ。千秋がそうだったようにな。ま、最終的には、お前次第だが……」

大旦那様は立ち上がり、反之介を見下ろしながら、今一度誘う。

「どうだい。自分を変えたいと本気で思うのなら、考えてみてくれ。僕はいつでも、お前を歓迎するよ」

そして学生服の臙脂《えんじ》色の羽織を翻し、飄々《ひょうひょう》とその場を去る。

私はと言うと、ポツンと反之介の側で立ちっぱなし。

反之介は私のことなど眼中にないみたいで、さっきからおせちをがっつきつつ、大旦那様に言われた言葉を思い出しながら、悶々《もんもん》と何か考え込んでいた。

それにしても、大旦那様は思い切った提案をしたわね。

まさか、この反之介を天神屋で雇おうだなんて……

「ねえ」

「わあっ！　津場木《つばき》葵、お前まだいたのか！」

反之介は私がまだいたことに気がつき、オーバーなリアクションを見せつける。

「重箱。食べてしまったのなら、返して。調理場で洗うから」

「あ、ああ……」

反之介は結構な量のあった重箱のおせちを、もう食べてしまっていた。

なんだかしおらしく、私に空の重箱を差し出す。

こんなにおとなしい反之介、こちらがおかしくなりそう。

「どうするの、あんた。天神屋に来るの？」

「僕が行ったところで、どうせ皆、僕には仕事などできないと思うだろう。嫌がられるだけだ。いじめられるかも」

「まあ〜最初は邪険にされるかもね。私もそうだったし。でも……天神屋って、意外とあんたみたいなはぐれものの集まりみたいなところがあるから、あんたがちゃんと誠意を見せて、やる気を出して働けば、認めてもらえる。誰も、あんたを見捨てたりしないと思うわ。そもそも大旦那様がそういう人なのよ。一人ぼっちを、拾ってくるのが趣味なの」

「…………」

「ま、最終的に決めるのはあんただけど」

最初はびっくりしたけれど、大旦那様が今まで様々なあやかしを天神屋の従業員として拾ってきた経緯を思い出してみると、反之介を天神屋に誘うのもわかるというか、ごく自然のことのように思ったりした。

それに、確かに天神屋はこれからが大変だ。

落ち目だとしても八葉の一角である八幡屋との繋《つな》がりはあって損は無いでしょうし、今後どれだけ働き手が残るのかを考えてみると、働き手は一人でも多く欲しいところ……反之介が使い物になるのかは、別として。

まあいざとなったら夕《ゆう》がおで注文取りくらいできるかしらね。誰も面倒見たがらなかったら、私と銀次《ぎんじ》さんとアイちゃんがビシバシと……

なんて考えながら、私は重箱を抱えて調理場へと向かった。

反之介はしばらくそこに留《とど》まり、やはりずっと、何かを考えていたみたいだった。

調理場に戻ると、羽多子さんが子供たちの食べ終わった重箱を積み重ねて抱え、細い腕と体をフルフル震わせながら立っていた。

「ごめんなさい羽多子さん！　重かったでしょう！」

「い、いえ、このくらい。わっ！」

「ああああっ」

今にも崩れそうな重箱の塔を前から支えつつ、上から取って流し台に置いていく。

「あの、わたくしも洗い物をします」

「え、いいの？　ありがとう！」

羽多子さんはお嬢様ながら、食器洗いの手さばきは見事で、やはり一度どん底を知っているお嬢様なんだなと感心した。

だけどどこか、表情が険しい。私に何か聞きたくて、でも聞けないというような素振りを見せる。なので、私から話を切り出した。

「ねえ……羽多子さん。あの、大旦那様がね、反之介を天神屋に誘ったの」

羽多子さんの食器洗いの手が止まる。

もともと、彼を探しに文門の地までやってきた羽多子さんだ。このことを、どう思うだろうか。

「そう、ですか。……ええ、それが良いと思います」

「嫌じゃ……ないの？　婚約の話、またあやふやになってしまうかもよ」

「それは、もう良いのです」

羽多子さんは落ち着いていた。

もしかして、反之介に愛想を尽かした……？

無理もないと思ったけれど、羽多子さんの思いは、また別のところにあるみたいだった。

「わたくし、明日にも南西の地に戻り、黒崎屋をもっと大きな履物屋にすべく、邁進《まいしん》したく思います。もう反之介様を追いかけるのは、やめようと思うのです」

「それは……どうして？」

「天神屋の大旦那様に言われて、気がつきました。わたくしの恋の正体は、恩人に恩返しがしたいという、一方的な強い思いだったと思うのです」

「……羽多子さん」

恩人への思いを、決して恋と勘違いしてはいけないよ。

確かに大旦那様は、そう言っていた。

なんだかそれは、今になって私に投げかけられた、問いかけのようにも思えた。

お前の恋は、かつての恩によるものではないと、言い切れるか。

「次は、反之介様がわたくしの元へやってきてくれるのを待とうと思います。それはもう、婚約者としてではなく、商売人としてでも良いのです」

「それは、反之介がいつか八幡屋の八葉になると……期待しているということ？」

「ええ。いつか八幡屋の中心にいる働き手として、黒崎屋に力を借りたいとおっしゃってくださったなら……その時に、私の恩返しは始まります。手を差し伸べられるだけの力を、わたくしもつけておこうと思うのです」

羽多子さんは少し寂しげに笑うと、もう前を向いていた。ずっと向こう側。ずっと先の、未来の方を。

素敵な結論だ。素直にそう思った。

羽多子さんは変わろうとしている。反之介から離れて見守ることを選び、いつか彼の力になれる日まで、自分の道の上を歩んでいくことを選んだ。

反之介、あんたが立派になるのを、待ってくれているひとがいるわよ。

あんたに期待しているひとが。

そのことに、あの男が気づくのはいつのことだろうか。


「あ～疲れた」

別荘に戻り、畳の上でゴロンと横になる。

今日はお料理を作って、多くの子どもたちと触れ合って、本当に楽しかったのだけれど、体力を消耗した。

とにかく眠い。瞼《まぶた》を閉じたら、すぐにでも寝られそう。

年越し蕎麦《そば》も食べたいと思ってたのにな——……

「こんなところで寝てたら風邪をひくよ、葵」

大旦那様の声がする。

しぱしぱする目元に力を込めると、大旦那様が私を覗《のぞ》き込んでいるのがわかる。

「大旦那様……」

どうして反之介を天神屋に誘ったの？

天神屋でいったいどんな仕事をさせる気なの？

色々と聞きたいと思っていたのに、眠すぎて言葉にならない。

ただ、なんとなく大旦那様の方にゴロンと向き直り、側にこのひとがいることに安堵《あんど》しながら、着物の裾《すそ》をキュッと握る。

「本当によく頑張ったね。頑張って……きたね」

優しく甘い言葉をかけて、褒めてくれる。

頭を撫《な》でてくれる、この大きな手が好きだ。

大旦那様に褒めてもらえるだけで、ああ、よかったって……頑張ってよかったって、ここに辿《たど》り着けてよかったって、思えるの。

「おやすみ葵。お前を、心から尊敬しているよ……」

おやすみなさい。

大旦那様の言葉が、本当に嬉《うれ》しい。

大旦那様は続けて何か言った気がするけれど、しっかりと聞き取れない。

それでもあなたの声がする。
夢のように遠い、場所から。

幕間　大旦那

「大旦那様《おおだんなさま》……」

彼女は一度、小さな声で僕を呼び、側にいる僕の羽織の裾を握ったかと思うと、やはり疲れていたのか寝てしまった。

「おやすみ葵《あおい》。お前を、心から尊敬しているよ」

そう言って、僕は葵の額に、そっと口付けた。

葵は、もう覚えていないだろうね。

この婚姻の意味を。

史郎《しろう》の書いた婚姻の誓約書など、本当は最初から、ほとんど意味のないものだったんだ。

ただそれを利用して、君を隠世《かくりよ》に連れてきたにすぎない。

かつての君との約束を、守るために。

○

あの日、あの時、あの暗く澱《よど》んだ孤独の部屋で。

子どもに鬼の面は怖いだろうからと、銀次《ぎんじ》に借りた南の地の白い面をつけたまま、僕は君に会いに行った。

大丈夫だと、君は死なないからと言った。必ず君を、助けてあげる、と。

そしたら君は、こう答えたのだ。


『なら、一人にしないで……死なないのにずっと一人は、一番イヤ』


困った。そんな風に言われてしまうとは思わず、それは無理だと首を振る。

君は人間で、僕はあやかしだ。生きる世界も違う。

人間の娘が隠世のあやかしのそばに居るには、隠世に来て、そのあやかしに嫁入りでもしなければならないのだ、と。

そしたら君は、またもや予想外なことを言ったのだ。

『なら、私をあなたのお嫁さんにして』

『……それは……』

『私が死なないというのなら、私をお嫁さんにして』

僕は余計に困り果てた。

そもそも、こんな幼子が、お嫁さんにしてなどと言うとは思わなかった。

いや、これは、幼い娘が自分の父親によく言う言葉の、延長のようなものなのかもしれない。

僕は一瞬、史郎と交わした『孫娘を嫁にやる』という内容の誓約書が脳裏をよぎったが、そもそもあの時の借金は別の話で解決していた。

故に、この時は彼女を嫁にする気など毛頭なく。

だが、

『私、お父さんのお嫁さんになりたいって言ったら、お母さんが、ダメって言ったことがあるの』

『…………』

『お父さんのお嫁さんは、永遠にお母さんだけなんだって。だから、お母さんは言ったの。葵も、葵を一番愛してくれる人と、結婚しなさいって。そういう人を、見つけて、ずっとそばにいてもらいなさいって』

まだ父がいて、母が自分を愛してくれていた時の話だろう。

葵は幼いながらに、愛されていた時のことを、印象的な言葉を、よく覚えているのだ。

『ねえ、結婚って、何？　ずっとそばにいること？　だけど、お父さんはいなくなっちゃったし、お母さんはお父さんの写真ばかり見て、もう私を見てくれないの。それが、結婚なの？　お嫁さんになるってことなの？』

『いいや、それは違うよ、葵。だけど……そうか。君の母親は、耐えられなかったんだろうね。それも夫婦の愛ゆえの、末路なのかもしれない』

葵の母は、杏太郎《きょうたろう》の妻は、本当に、本当に杏太郎のことを愛していたんだ。

だけどその愛が大きすぎた故に、今は母親としての責務を投げ出し、亡き杏太郎の面影を追いかけている。

母親失格だ。だけど、それを今更言ったところで、もうどうしようもないのだろう。

葵はもう、母親といない方がいい。

ならば、誰がこの娘を……

『ねえ、お願い。ずっと一緒にいてよ。私をあなたのお嫁さんにしてよ。もう一人はイヤ。私だって、私だって誰かの一番になりたい……っ』

葵は、愛されたかったに違いない。

父の愛を失い、母の愛をもらえなくなり。

幼いながら、なぜ自分が母に愛されなくなったのかを考えて、考えて……

寂しい心に耐えきれずに、自分を置いていった母親の言葉を思い出した。

もういない母の言葉を頼りに、僕の嫁になりたいなどと言ってしまったのなら、それは何て愚かで、かわいそうなことだろう。

その言葉は、まるで自分の中にある葛藤《かっとう》をそのまま絞り出したような、生まれたばかりの願いであり、小さな嘆きだった。

憎まれ者の自分。いらないと言われた自分。

僕だってそうだ。今でこそ天神屋という居場所があるが、本当の自分をさらけ出したら、また暗い場所に閉じ込められて、一人になってしまうのではないかという恐怖を抱き続けている。

そう思うと、誰か、誰でもいい。

この小さく哀れな娘に手を差し伸べ、とことん甘やかして、愛を伝えてあげてほしいと願った。

僕には、黄金童子《おうごんどうじ》様がいた。

だけど、黄金童子様も、かつて葵の母と同じような言葉を僕に言ったのだ。

お前を一番愛してやることはできない。

私の一番は、すでに心の中にいる。その方に頂いたものを、私は数多くの者に注がなければならない。

だから、刹《せつ》。

お前はお前だけの、一番を見つけなさい。

一番守りたいもの、一生を添い遂げたい者、本当の自分を受け入れてくれる唯一のひとを――長い時をかけてでも、見つけ出しなさい。

僕はこの時、恋を知らなかった。

だから一生、一番大事に思うのは、天神屋《てんじんや》という宿だろうと思っていた。

この娘もまた、結婚というものを本当の意味では知らず、ただ寂しいがゆえに僕にすがり、一人になりたくないから嫁にしてくれと冀《こいねが》う。

この娘は大人になった時、鬼である僕をどう思うだろう。

いつか本当の僕を知っても、怯《おび》えたり、嫌いになったり、離れていったりしないだろうか……

いや、それは多分、僕次第だ。

僕は、僕に愛されたいと願うこの娘を拒否せず、今は受け入れようと思う。そして問いかけ続ければいいのだ。

本当に、こんな僕で、良いのかと。

そして僕もまた、考え続ける。

この娘を、愛しているのだろうかと。

『わかったよ、葵。なら、一つ約束してくれ。僕はきっと君をお嫁にするから、その時は……』

夢の様に不確かで、儚《はかな》い約束を、君はもう覚えていないだろう。

辛《つら》い思い出と一緒に、一旦《いったん》忘れてしまった方がいいと、僕がそう言ってまじないをかけたのだから。

だけど、最初は、君からだったんだよ。

君が僕を欲しいと言った。

だから僕もまた、君が大人になるまで見守り、君が恋を知り、選択をするその時まで、君を無条件で受け入れる〝約束の花嫁〟であると言い続けると決めたのだ。

最後に君が、何を、誰を、選ぼうとも。

「だけど、僕を、愛してくれたら、嬉しい」

第六話　最後のお弁当

初夢すら見ないほどぐっすりと眠り、そして目覚めた、早朝。

今日は元日。

あまりに静かな朝だから、私には今日が一年の始まりだという実感が湧かない。

今まさに、妖都《ようと》には八葉《はちよう》の面々が集い、天神屋《てんじんや》の皆も最後の戦いに赴いているところなのだと思う。

それなのに、私はこんなに平和で、幸せな気持ちで、今日も穏やかな日になると思っている……

「……大旦那様《おおだんな》？」

ふと、大旦那様に会いたいと思った。

そもそも、昨日寝付いた時の記憶がない。

私、大旦那様と最後になんと言葉を交わしたっけ。

急いで着替えて、部屋を見て回る。

大旦那様の姿がない。見当たらない。

じわじわと不安がこみ上げてきて、私は胸元に手を当てる。

まさか大旦那様、私に何も言わずに、一人で妖都に行ったんじゃ……

「お、大旦那様……どこにいるの？」

なぜだろう。私、何も言えないまま、大旦那様にさようならを言われた気がして、胸がざわついた。

台所の勝手口の向こうでカタンと音がして、私は慌てて戸を引く。

「おお、びっくりした。葵《あおい》、おはよう」

「……大旦那様」

当たり前のように、大旦那様はそこにいた。

作務衣《さむえ》姿で、外の花に水やりをしていたみたいだ。

私は長いため息をついて、思わず大旦那様の胸元にコツンと頭を預ける。

「どうした葵。もしや具合でも悪いのか⁉」

「違うわ。だって大旦那様が……」

不安が杞憂《きゆう》に終わってよかった。すぐに気を取り直し、私は顔を上げる。

もう、元気な笑顔を見せなければ。

「大旦那様！　今日は何のお弁当がいい？　昨日は結局大旦那様にお弁当を作ってあげられなかったから」

「おせちは腹一杯つまんだがな」

「でもちゃんとお弁当じゃないと、いろいろ教えてくれないんでしょう？」

「そうだね。今日は……うん。きっと一番大切なことを告げないといけないだろうから」

「…………」

今日で、全てが分かるということだろうか。

それなら、私も今日、大旦那様に伝えないといけないことがあるかもしれない。

「で、何がいい？」

「んー、なら中華はどうだろう。中華料理のお弁当だ。僕は中華料理も好きなんだよ」

大旦那様はニコリと微笑み、人差し指を立てて提案する。

「なるほど！　中華料理かー。そういえば隠世《かくりよ》じゃああまり作ってこなかったわ。水餃子《すいぎょうざ》がそうだけど、おじいちゃんが中華好きで、作るのも得意だったのよね。おうちでも今夜は中華ってなると、おじいちゃんが食材から買いに行ったくらいよ」

「そうそう。史郎《しろう》が得意だった。僕はよく奴のこしらえた中華料理を食わされた。他のあやかしは辛くて食えたもんじゃないと言っていたが、僕は結構好きだったな」

「……そっか。わかったわ」

おじいちゃんの味を再現できるかはわからないけれど、私なりにやってみよう。

「大旦那様！」

ちょうど、その時だ。

勝手口から千秋《ちあき》さんが飛び込んできて、

「大旦那様、院長ばば様が、お呼びです！」

少し深刻な顔をしていたが、大旦那様は平然と「そろそろかと思っていたよ」と。

私には、何がそろそろなのかもわからない。千秋さんの表情の意味も。

だけど、嫌な予感がする。だって今夜から、八葉夜行会《やこうかい》が始まるんだもの。

「大旦那様……」

「ああ、大丈夫だよ葵。そんな顔をする必要はない」

「…………」

「これからのことを話すのだろうが、まあ、そう長いあいだ拘束する夏葉《なつは》でもないよ。本当は僕も弁当作りを手伝いたかったのだが……」

大旦那様は不安な顔をしているのであろう私の頬に、そっと触れた。

「葵、お昼は楽しみにしているからね。十二時の鐘が鳴る前に、ここに戻ってくるよ」

大旦那様は、文門狸《ぶんもんたぬき》の夏葉さんに呼ばれて、時計塔へと出かけた。

長話ではないだろうということだったが……

「今日で全部教えてくれるってことは、このお弁当のやり取りも最後ってことよね」

お弁当のやり取り、楽しかったから少し寂しい気もする。

「でも、私まだ、大旦那様の好物も知らない……」

もしや中華？　大旦那様、いつまでも私が気が付かないから、いよいよ教えてくれたってことだったり……

いや、どうかしら。わからない。

大旦那様は、いつも何だって美味《おい》しそうに食べてくれるから。

食火鶏《ひくいどり》の照り焼き重、五色サンドウィッチときて、最後のお弁当。

食材は昨日のおせちで使ったものの残りがあるので、これを使ってしまいたいと思う。

「おじいちゃんがよく作ってたのは、エビチリに、酢豚に、八宝菜、青椒肉絲《チンジャオロース》……あ、ごま油で作る芙蓉蛋《ふようたん》も美味しかったなあ。あれは外せないわね。あと黒酢で炒《いた》める炒飯《チャーハン》！　大旦那様、おじいちゃんの中華をよく食べていたなら、絶対食べたことあると思うのよね……」

よし。今日のお弁当のご飯は黒酢の炒飯として、青椒肉絲とエビ入り芙蓉蛋、そして残ったカニカマと和《あ》えるきゅうりの中華和え。これで決まり。

一度家を出て、坂を下りたところにあるスーパーもみじに足りないものを買い出しに行った。面白いものもゲットしたし、これで中華弁当は完璧《かんぺき》な出来となるだろう……ふふふ。

「葵さん、何かお手伝いすることはありますか？」

別荘に戻ると、居間の畳の上にひっそりと座っていたお蝶《ちょう》さん。

さっき大旦那様を探していた時は、お蝶さんの姿もなかったのに……

いつの間にか、当たり前のようにいる。

「ありがとう、お蝶さん。そうね、お願いしようかな」

お蝶さんは口元をわずかに動かして、何かを言いかけた気がした。

しかし無言で立ち上がると、持っていた紐《ひも》を術で遊ばせ、たすき掛けをして私の側までやってきた。

野菜の皮むきなどをしてもらっている間に、私は芙蓉蛋を作る。

そのために必要なものは……

「じゃーん。スーパーもみじに売ってた中華風鶏《とり》ガラスープの素《もと》～。新発売ペースト状のやつ～っ！」

「…………」

お蝶さんが、やはり無言で野菜の皮むきをしている。

私はゴホンと咳払《せきばら》いをしてから、仕切り直した。

鶏ガラスープは自分で作るとなるとかなり大変。

夕《ゆう》がおでは自作することもあったが、即席の鶏ガラスープの素って隠世でも探すとあるから、それを使うこともあった。あれって文門《ぶんもん》の地《ち》の研究所で作られていたのね。でもペースト状のものは新発売なだけあって、初めて見たなあ。

現世《うつしよ》でも、使いやすいとあって最近よく見かける。チューブに入ったペースト状の調味料。

「葵様、ジャガイモとニンジン、切り終わりました」

「あ、ありがとうお蝶さん。助かるわ。どちらも今から作る芙蓉蛋に使うから」

「芙蓉蛋……現世の、中国の卵料理ですね」

「そう！　よく知ってるわね。中華風の味付けのオムレツっていうか」

野菜をさっと茹《ゆ》で、余り物の茹でエビをごま油で炒め、角切りのジャガイモとニンジン、しいたけのみじん切りも後から加えてささっと炒める。

卵をボウルで溶いて、そこに文門研究所発の鶏ガラスープの素をちょこっとと、塩《しお》コショウ振りかけて、また混ぜる。

小さめの平鍋《ひらなべ》を温め、ごま油を引いて、この具入り味付き溶き卵を流し込み、ぐるぐると菜箸《さいばし》でかき混ぜて、しばらく弱火で焼く。

丸くてホットケーキみたい。これを裏返して、また焼く。

香ばしい良い匂いがしてくる。普段作っている卵焼きとはまた違う香りなのは、調味料のせいだろう。

お蝶さんが大きめの平皿を用意してくれていたので、焼いた芙蓉蛋を取り出しておく。

「これで出来上がりですか？」

「ううん、お弁当に詰める時に、またひと手間加えるわ。しばらく放置よ」

余熱で中までしっかり焼けるように。

「次に青椒肉絲！　中華料理の王道！　本当は牛肉で作るものだけど、豚肉余ってるから、こっちは豚肉の青椒肉絲」

「けっこう適当ですね」

「いいのよ。あるもの使ってしまわないと。冷蔵庫の中身を確認して、食材を余らせないように工夫するのも、お料理には大切なことよ」

なんて、偉そうに言ってみたり。

でも余り物を出さないように料理をするのは、私が常に心がけていることだ。夕がおの営業をしていると、難しい時もあるけれど……

さて。青椒肉絲。

おせちで使ったたけのこの水煮と、豚肉の余りがある。あとピーマンを坂の下のスーパーでさっき買ってきたので、これを使う。

まずはたけのことピーマンを細切りに。豚肉は下味をつけて片栗粉をまぶしておく。中華鍋はさすがに無かったので、大きめのフライパンにごま油を引き、豚肉をほぐしながら炒め、生姜《しょうが》をささっと加える。良い匂いがしてきた……

ここに細切りにしておいたピーマンやたけのこも加え、またよく炒める。

「取り出したるは文門の地発のオイスターソース。原料の牡蠣《かき》は南の地のものらしいわ」

もともとオイスターソースに似たものは隠世にもあったけれど、これは現世のオイスターソースにより近いというのが売りらしい。そうパッケージに書いてあるくらい。

このオイスターソースと、先ほども使用した鶏ガラスープの素、そして酒と砂糖をフライパンに加えて、具と混ぜながら炒め合わせる。

オイスターソースの匂いって、なんだか懐かしいなあ。塩コショウで味を整え、完成。

うん、お蝶さんと味見をしてみたけれど、美味しい。

味は濃すぎず、砂糖でちょっぴり甘めに、まろやかに。

「順調ですね」

「こう言う即席の調味料があると、本当に助かるわ。今度、文門の地からとりよせようかしら。味も現世のものに近いし」

流石に、研究し尽くされている感がある。

チューブから絞り出すペースト状のものなんて、現世でも割と最近出てきたタイプと思うんだけど。使いやすくてありがたい。

「さあ、最後は、黒酢炒飯！」

「炒飯は隠世でもお馴染《なじ》みですが、黒酢の炒飯は珍しいですね？」

「見た目は黒々しいんだけど、意外とさっぱりしていて美味しいのよ」

余り物のひき肉を塩コショウで炒める。

お蝶さんに、玉ねぎや、先ほど芙蓉蛋を作った時に使ったニンジンの余りをみじん切りにしてもらう。

生姜、刻んだ野菜をひき肉を炒めたフライパンに加えて炒め、後から冷や飯を加えて、全体が混ざるようにしてしっかり炒める。

「黒酢はまだですか？」

「ふふ、もしかして気になってる？　黒酢は今から加えてくわ」

お蝶さんがちょこんと抱えていた黒酢の瓶を受け取り、フライパンにさっと回しかけ、全体がなじむようにまた炒める。

醤油《しょうゆ》も少々かけて、良い香りが立ってきた頃に器に取り出す。

まだホカホカの炒飯。具材は至ってシンプルだが、ただちょっと黒い。

さっぱりしたお酢の香りが食欲をそそるが、これはお弁当用だ。

早速お弁当箱に詰めていかなければ。

最初に作った芙蓉蛋をケーキのように6ピースに切って、用意していた甘酢あんを上に塗っておく。

お弁当箱の半分に黒酢炒飯を詰め、付属の仕切りで区切り、レタスの葉を重ねて器にし、その中にたっぷり青椒肉絲を詰めた。その隣に、切って甘酢あんを塗った芙蓉蛋を二つほど重ねて入れ、空いたスペースにはプチトマトや、きゅうりとカニカマの中華和えを詰め込む。

「ふう。完成」

最後のお弁当の完成だ。

大きいのが大旦那様、中くらいのが私、小さいのがお蝶さん。

「大旦那様……早く帰ってこないかな」

胸が高揚していた。

そうよ。だってこのお弁当を手渡して、全てを教えて貰《もら》ったら……

私は多分、大旦那様に言ってしまうだろうから。

あなたのことを、好きになってしまったと。

私はお弁当箱を手ぬぐいで包み、竹籠《たけかご》に入れて縁側で大旦那様が戻ってくるのを待っていた。

庭で咲く山茶花《さざんか》や、水仙、隠世ならではの冬の花々を、ぼんやりと見つめて。

そういえば、大旦那様が手入れをしていたっけ。

意外と土いじりが好きよね、大旦那様って……

ちょうど今、正午を示す十二時の鐘が鳴り響いた。

「待ったかい、葵」

「あ、大旦那様」

大旦那様は約束の時間通り、この黄金童子《おうごんどうじ》様の別荘へと戻って来た。

目をパチクリさせてしまったのは、大旦那様が、もういつも通り天神屋の大旦那様の姿をしていたからだ。

「お、大旦那様、良いの？　その格好だと、皆に大旦那様だってバレてしまわなかった!?」

「確かにね。ちょっと追われているから、逃げようか、葵」

「へ？」

大旦那様は片方の手で弁当を持ち、もう片方の手で私の手を取り、こっちだと言って駆け出した。

裏手の細い路地から、抜け道のような階段を駆け上る。

「ど、どこへ行くの大旦那様！」

「こっちだよ。特別な場所があるんだ！」

無邪気な少年のような笑顔で振り返る大旦那様。

私も私で、そんな顔にグッと胸を締め付けられたりするのだ。

ずるいなあ、大旦那様は。大人っぽかったり、少年っぽかったり。

でも、追われているって言ってなかったっけ……？

「ぜえ、ぜえ、ぜえ……」

大旦那様に引っ張られてめちゃくちゃ走った。

大旦那様は涼しい顔をしているけれど、私は息切れ中。

「悪いね葵。ちょっと急いでいてね。僕が抱きかかえて走っても良かったんだけどね」

「いや、いいわ。それも恥ずかしいから」

連れてこられたのは、坂の上にポツンとある神社だった。

苔《こけ》むした狛犬《こまいぬ》と、壊れかけた灯籠《とうろう》が、整備された文門の地の景観からは、少し遠いもののように思える。

「ここは？」

「黄金童子様を祀《まつ》る社だ。結界に守られていて、他者はそう簡単に入ってこられない。ここなら葵の弁当を存分に味わえる」

「いったい何から逃げてきたの？」

「ん？　大きな黒いイノシシからね」

「……はい⁇」

何かあるのではないかと不安はよぎるが、大旦那様は拝殿に上り、当たり前のようにどかっと座り込み、早く早くと弁当を急《せ》かす。

「神社でお弁当なんて、怒られない？」

「大丈夫。ここの神様は黄金童子様で、ここは彼女の茶室みたいなものだから」

「……それはそれで怖いんだけど」

黄金童子様って、隠世の偉いあやかしだっていうのは知っているけれど、いまいち正体がつかめないな。

ともあれ、お弁当だ。朝ごはんを食べていないので、ブランチってことになる。

「はい。ご要望通りの中華弁当よ。お正月の中華ってのも、不思議だけど」

「年越し蕎麦《そば》やお雑煮すら食べてないしね、僕ら」

「お正月って感じ、全くしないわね」

大旦那様は自分用の大きな弁当箱の蓋《ふた》を開けて、満足そうに微笑む。

好きなものがあったのかしら。それなら嬉《うれ》しい。

「懐かしいな。確かにこれは、史郎がよく作っていた中華料理ばかりだ」

「今思うと、やっぱりおじいちゃんは辛い料理が好きだったんだなって。私にはあえて、あやかし好みの甘くて薄味の料理を教えてくれていたのよね。でも中華料理だけは、自分好みで作ってたと思う」

「葵は、史郎の中華は好きだったかい？」

「ええ。まあ子供の頃は、辛すぎてあまり食べられなかったけれど。でも、今日お弁当に入れた青椒肉絲《チンジャオロース》と芙蓉蛋《ふようたん》は、辛くないから大好きだったわ」

大旦那様はまず、芙蓉蛋を食べていた。

ごま油の風味が香ばしく、野菜などの具がたっぷりの中華風オムレツ。

甘酢あんを塗っているので、メインのおかずとしても大活躍する。

「うん。甘酸っぱいタレが食欲をそそるね。具も多く、食べ応《ごた》えがある卵焼きだ」

「私のお気に入り。卵に味をつけているから、甘酢あんも、ちょっぴり塗るだけで十分なの」

大旦那様は黒酢の炒飯《チャーハン》を口に搔《か》き込み、「これこれ」と頷《うなず》く。

「こちらもそれほど酸味が強いわけではないが、さっぱりした炒飯だ。僕は史郎にこれを初めて振舞われた時、この黒い飯はなんだと思ったものだよ」

「見た目のインパクトが強いからね。黒い炒飯」

「青椒肉絲も細切りの野菜の食感が面白い。よくよく見ると、昨日の残り物の野菜を使っているんだね」

「そうよ。何か言いたいことでも？」

「さすがは賢妻、と思ったまでだよ」

「……またそんな調子のいいことを」

そしてお互いにクスッと笑う。

いつも通りのやり取りが、こんなに心地よく、嬉しい。

大旦那様が当たり前のように私の作った料理を、お弁当を食べてくれることが嬉しい。

これがもっともっと、もっと当たり前になる、そんな未来が、あるのだろうか……

大旦那様と他愛もない話をしながら、私たちは静かな境内を眺め、弁当を味わった。

「さて。葵の美味《うま》い弁当をご馳走《ちそう》になったことだし、話をしようか」

「最後の……真実？」

「そうだ。葵、僕はこの日まで、少しずつだけど順序立てて、君を取り巻く呪いのことや、史郎のことを話してきたつもりだけど、では最後の真実とは、一体なんだと思う？」

「それは……大旦那様が、どうやって私を助けてくれたのか、だと思う」

運命を変える食べ物とは、いったい何なのか。

「……そうだ」

大旦那様は腕を組み、澄んだ空を見上げた。

真昼にうっすらと浮かぶ白い月が見える、その一点を。

「葵。お前にかけられた呪いとは、本来絶対に解けないもの。それは、常世《とこよ》の王の呪いだと前に言ったね」

「ええ」

「常世とは人間と妖魔《ようま》が争い続ける、人間の王と妖魔の王の時代が、それぞれある世界だと教えたことがあるな。現在は土地を分断して幾つかの国があり、人間の王と妖魔の王が世界の覇権を争っている。隠世に比べたらとても大きな世界で、史郎はかつて常世に行ったことがあるんだ」

「なぜ、常世へ？」

「それは多分……自らの妻の病を治す、妙薬を手に入れたかったからだと思う」

祖父の妻……つまり私の祖母は、不治の病を患っていたと、先日聞いた。

そして結果的には、父を産んで死んだ。

祖父は死に目に会えなかったらしいが、常世に行っていたからなんだ……

「そう。結果的に史郎は、欲したものを見つけることはできなかった。ただ、常世で妙薬を探している間に、常世の王の一人に気に入られ、自分の娘を嫁にやるとまで言われた」

「……え？　それって、あやかしの？」

「そうだ。王の娘が史郎に一目惚《ぼ》れしてしまってな。愛娘《まなむすめ》の想いを知った王は、史郎に婿入りを命じたのだが、たとえ次期王の座を得られたとして、あいつが一つのところに留《とど》まる器ではないことは、誰もが知るところ。それに史郎は、自分の妻を助けるために常世に来たのだから、当然王の提案を蹴《け》り、その娘を振った。しかし……問題はここからだ。常世の王の娘が、史郎に婚姻を断られたことを深く悲しみ、呪いの言葉を吐きながら自害してしまったのだ」

「…………」

境内の静けさと相まって、ぞくっと背筋に悪寒が走る。

常世の王の娘。自ら命を絶つほどまで、祖父を愛していたということ……？

「常世の王もまた酷《ひど》く嘆き、娘の遺骸《いがい》を使い史郎を呪った。史郎自身を呪うのではなく、史郎と血の繋《つな》がりのある肉親を呪った。その血が色濃いほど、呪いは威力を発揮する」

大旦那様は「ハッ」と嘲笑《ちょうしょう》のようなものを零《こぼ》し、だがそれを自らに問い直すかのように、口元に手を当てた。

あやかしとは、一途《いちず》すぎるのが悪いところでもあると言って、苦笑した。

「あやかしの愛が憎しみに反転した時の、呪いの力とは恐ろしい。史郎がもう少し上手《うま》く立ち回ればよかったのだろうが、あいつもあいつで、焦っていたのだろう。……現世に帰り着いた時には妻はすでに死んでおり、生まれた息子の杏太郎《きょうたろう》は呪いを背負っていた。おかげで史郎はひとりぼっちになってしまった」

大旦那様は知っている限りのことを、淡々と語って教えてくれる。

「実家の津場木《つばき》家からは縁を切られ、複数いた我が子もまた、自分のせいで不幸に見舞われた。葵、お前の父である〝杏太郎〟の死後、史郎は必死になって呪いを解く方法を探していたが、そんなものは見つからなかった。常世の呪いとは、長年の戦争で培われた技術でもあり、常世の闇そのもの。一人の人間に解けるようなものではなかったのだよ」

そこまで黙って話を聞いていて、祖父の抱えた呪い、その事情は大まかに理解した。まだ飲み込めていないこともあるんだろうけれど。

そしてやはり、何より気になることがある。

「なら……なら、大旦那様は、どうやって」

おじいちゃんでも見つけ出せなかったものを、どうやって見つけたの。

どうやって私の呪いを解いたの。

「そうだね。端的に言うのなら……刹鬼《せっき》の特殊な体質が、それを可能にしたのだ」

そして大旦那様は私に向き直り、落ち着いた声音で〝真実〟を告げた。

「葵。お前が食べたのは、僕の霊力の核……と、言っていいだろう」

「……霊力の、核？　大旦那様……の？」

それがいったい何なのか、よく分からない。

小さな頃に食べたあれは、白くて、丸くて、それでいて不明瞭《ふめいりよう》なものだったと思う。

美味《おい》しかったという記憶だけが全てで、霊力の核だったかと言われると、首を傾げるばかり。

だけど、じわりじわりと理解しつつある。

それって、もしかして大旦那様にとって、とても大事なものなんじゃ……

「あやかしは誰しも霊力を体に巡らせるための心臓とも言える〝霊力の核〟を体内に宿している。利鬼の霊力の核とは、他のあやかしと違って邪気を吸収し、浄化する能力も持っていた。というのも、利鬼はあやかしの魂すら喰《く》いつくす鬼。毒を浄化するような能力がなければ、穢《けが》れを含むあやかしの魂など、体に取り込むことはできないのだよ」

ただ、この利鬼の体質のようなものに目をつけたのが、かつての侵略者たち……現妖王家とそれに連なる貴族たちだった。

「隠世には、地中深くから邪気がこんこんと湧きだしている土地が数多くあった。かつての鬼門の地も、そうだ。この隠世を支配し、住みよい土地にしたいと考えた侵略者たちは、利鬼を地下に封じることで邪気を吸収し浄化し続ける装置とし、邪気の地上への流出を抑え込んだ」

だからこそ、まれに封印が解けて地上に出てきてしまった利鬼は、多くの〝邪気〟を纏《まと》っており、醜き〝邪鬼〟と呼ばれたのだ、と。

「葵は、南の地で見た邪鬼を覚えているだろうか。あれがいわゆる、元が利鬼であり、地中で邪気を吸い続け禍々《まがまが》しきものに成り果てた、邪鬼だよ。浄化すると言っても、邪気を過剰に摂取すると、浄化しきれなかった分が肉体に残留し、自らが纏うようになる」

僕は考えたんだ」

「……あれ……が」

今思い出すと、あの邪鬼は確かに、大旦那様を〝同じ〟だと言っていた気がする。

あの時は何のことだか、さっぱりわからなかったけれど、今なら……わかる。

大本が、同じ種族なのだ。

「まあ、刹鬼の〝霊力の核〟が持つ特徴というのはこの説明でわかっただろう。そこでね、僕は考えたんだ」

大旦那様は一度目を閉じ、そしてすっと開くと、

「葵の呪いもまた、刹鬼の核さえあれば吸収できるのではないだろうか、と」

静寂に響く、低い声で続けた。

「葵。部屋に閉じ込められたまま餓死しかけた君に、僕が会いに行ったのは……最初の一日だけだったね。あの時僕は、鬼の面では怖いだろうからと、銀次《ぎんじ》の持っていた南の地の面を借りたんだ。そして幼い葵に会って、この子を助けなければと強く思った。死の運命を覆すためには、呪いを解かねばならない。だから……自らの核を黄金童子様に取り出してくれるように懇願し、それを、僕は、銀次によって幼い葵の下へ運ばせたんだ」

命の恩人である、お面のあやかし。

それが二人いたのは、銀次さんに聞いていた。

身につけていたのが、あの南の地のお面であった理由が、今わかった。

そして、わかったことは、もう一つ。

「私が、私が食べてしまったのは……大旦那様の……霊力の核、なんでしょう。それって、心臓……だって。なら、命に等しいものなんじゃ……っ」

言葉をしっかりと、紡ぐことができないくらい、私は今、動揺していた。

それ以上先を、言葉にすることもできなかった。

足元から這《は》い上がる、大きな恐怖が、私を飲み込む。

まるで、月を覆う、暗雲のように。

震える手で、自らの頬を覆い、うつむいた。

理解が追いつかない。気になることも多々ある。

だけど、それでもわかることと言えば、あやかしにとって、霊力は命と同じだということだけ。

だって、霊力が枯渇するから、あやかしは食事するんだもの。

それを生み続け、体に送り込む〝霊力の核〟を私が食べてしまったということは、今の大旦那様は、いったい〝何〟で生きているというの。

「大旦那様……体は、大丈夫なの？　大旦那様の霊力の核、私が食べてしまったってことは、大旦那様は……」

「葵、落ち着いてくれ。大丈夫だから」

大旦那様が私に寄り添い、震える私の肩をさすった。

「僕の体は、黄金童子様のお力によって、定期的に調節してもらっているんだ。だから問題ないよ。霊力の核の代わりになるもの、すなわち〝代核〟をここに入れている」

大旦那様は何てことなさそうに、自らの胸元を指差した。

「雷獣《らいじゅう》のやつによって、化けの皮が剝《は》がされた。あの時の衝撃で、代核にヒビが入ってしまったものだから、僕はしばらく身動きが取れなかったんだ。ただそれだけなんだよ」

「で、でも……」

青ざめている私を見て、また困ったような顔をして笑うのだ。

「そんな顔をしないでくれ、葵。これは僕が勝手にしたことで、お前が気にやむようなことではない」

「だけど……っ、でも！」

それでもやっぱり、首を振る。

私の呪いを解いたせいで、大旦那様が背負ったリスクを、私は考えずにはいられない。

大旦那様は、しばらく私を見つめて落ち着くのを待ってくれた。

そして、

「この話をしたら、お前が僕に負い目を感じてしまうだろうと、僕はわかっていた。だから、本当は言いたくなかったよ。それは僕にとって、不利なことだから」

「……不利？」

「お前を嫁にするのに、不利ってことだ」

「…………」

「この話を聞いてしまったら、お前は感謝と懺悔《ざんげ》の思いから、僕のことが好きだとか、嫁入りするとか言いだすかもしれない。言わせてしまうかもしれない」

「そ、そんな……っ、それは」

だけど確かに、真実を全て聞いてしまったら、大旦那様に伝えようと思っていた思いがある。

あなたのことを、好きになってしまった、と。

だけど、今はもう……その言葉が、大旦那様に届かないような気がする。

今、好きだって言ったら、大旦那様は、悲しく笑うかもしれない。

私が、感謝や懺悔の思いから好きだと言っているのだと、大旦那様は受け取ってしまうかもしれない――

「やっと見つけたぞ、天神屋の大旦那殿」

その時だ。

吹く風の向きが変わった。

どしん、どしんと、重い足音を立てて石段を登り境内に現れたのは、黒い鎧《よろい》を纏う、見上げるほど体の大きな男。

イノシシを象《かたど》った牙《きば》の勇ましい兜《かぶと》をかぶっている妖都の兵士だった。

「黒亥《くろがい》将軍……」

大旦那様はそのあやかしを知っているみたいだった。

将軍……。なるほど、妖王に仕える三大将軍の一人、ということか。

他にも黒い鎧を纏った直属の兵士たちが、ドタバタと境内に踏み入り、手に持つ刀を私たちに向け囲む。

「久しいな、亥《がい》」

大旦那様はなんてことなく、ニコリと笑って、その将軍に挨拶《あいさつ》をする。

亥と呼ばれた将軍もまた、なんとも言えない顔をしてガハハと笑った。

「俺はこんなおっさんになっちまったが、お前はほんと変わんねえな。しかし悪いなあ、陣八《じんぱち》。妖王の意思に背いた反逆者は捕まえねばならん。文門の狸どもに匿《かくま》われていたみたいだが、院長の夏葉は手の平を返したぞ。お前は売られたんだ」

黒亥将軍は、大旦那様に剣の切っ先を向ける。

裏切ったって、どういうこと？　院長様が、大旦那様の居場所を妖都に伝えたということなの？

大旦那様は何かを言い返すこともなく、無言のまま、ゆっくりと立ち上がった。

まるでこうなることが、あらかじめわかっていたかのような落ち着きようで……

だからこそ、私の不安は一気に募った。

だって大旦那様は、私に背を向けたまま、社を降りて自ら妖都の兵士たちの下へと向かっているのだから。

「お、大旦那……さま……」

立ち上がり、大旦那様に手を伸ばした、その時だ。

「お前も来い！　雷獣様は津場木葵も生け捕りにしろとご命令だ」

「!?」

兵士の一人が私に掴《つか》みかかり、乱暴に社から引きずり下ろす。

しかしそれに気がついた大旦那様が、

「おい」

振り返り、真紅の光を帯びた瞳《ひとみ》で、その兵士を鋭く睨《にら》む。

「葵に手を出すな。僕が行けば、それでいいだろう」

低く響く声は、大妖怪《だいようかい》というに相応《ふさわ》しい冷たい殺気に満ちていた。

兵士はヒッと息を止め私から手を離し、金縛りにでもあったかのように身動きが取れなくなる。

黒亥将軍が渋い声音で、周囲の兵士に告げた。

「そっちの人間のお嬢さんは連れて行かなくていい。天神屋の大旦那が最優先だ」

「ですが黒亥将軍」

「わしがいいと言ったらいい。陣八がおとなしくしているうちに、行くぞ」

黒亥将軍がそう言うのならと、兵士たちは私から離れる。捕らわれている大旦那様はもう落ち着いた目をしていた。

そして大旦那様は、本当にいつも通りの様子で、私に言った。

「では、行ってくるよ葵。僕は僕の戦いに赴く。自分の尊厳と、居場所と、君や天神屋の皆と一緒に居られる未来を守るために」

鬼らしからぬ、慈愛に満ちた笑顔。

そんな尊いものを一度だけ私に見せたら、彼はもう覚悟をしたような厳しい顔つきになって前を向いた。それは、私に背を向けたということだ。

大旦那様は黒亥将軍に呪詛《じゅそ》のようなものが刻まれた手錠をかけられ、そのまま境内より連れ出される。

「ま……っ」

「あ、そうそう」

私が呼び止めようとする声と同時に、大旦那様が何かを思い出したように立ち止まる。

「葵、そういえば僕の一番の好物を、まだ教えていなかったね」

そして今一度振り返り、にこりと笑ってこう言った。

「君にもらったお弁当で、まず最初に食べていたものだよ」

「……え？」

ふと思い当たる食べ物があり、目を見開く。

分かってしまえば、なぜ今まで気がつかなかったのかと、あまりに鈍感な自分に呆《あき》れてしまって、言葉を失った。

そんな私を見て、大旦那様はいたずらにクスクス笑うと、もう振り返りもせず、黒亥将軍について行ってしまった。

ハッと我に帰り、

「大旦那様。大旦那様、待って……。待って、私……言いたいことがっ！」

私は再び手を伸ばす。

私、まだ大旦那様に何も伝えていない。

行ってしまう。大旦那様が、連れて行かれてしまう。

「ま……待って！」

もつれそうな足に力を込めて駆け出したが、妖都の兵士に行く手を阻まれる。

私を通すまいとする黒い鎧の兵士たちの隙間から、大旦那様の背中だけを見ていた。

手を伸ばしても、届かない。

あなたを追いかけて追いかけて、それでも会えないあんな気持ちは、もう二度と味わいたくはないのに、それでも私はまたこの背を見送るのか。

「大旦那様っ‼」

あなたが好き。好きです。

それなのに、一番伝えたかった言葉が出てこない。

大旦那様に命を救われておきながら、大旦那様の命を削るようなことをしておきながら、何も知らずに優しいあなたを拒否し続けた、愚かな娘だった。

それなのに今更、こんな私が大旦那様のことを好きだなんて。

あなたの隣にいたいなんて……

この想いを、信じてもらえないかもしれないと思うと、心も足も竦《すく》んでしまったのだ。

第七話　最後の真実を開く鍵

「ごめんなさい……ごめんなさい、大旦那様《おおだんなさま》」

　愚かな私。

　ただ一人泣きながら地面に伏せて、何も伝えられなかったこと、できなかったことを恥じ、悔いている。

　もう妖都《ようと》の兵士は一人もおらず、私だけが取り残されている。

　大旦那様も、連れて行かれてしまった。ここにはもういない。

「何をそんなに悲しんでいる、葵《あおい》」

　声がした。鈴の音のような少女の声。だけど凛《りん》とした威厳のある声。

　私は泣き顔を上げて、拝殿の方を振り返る。社の手前に、金の鱗粉《りんぷん》に包まれた童子を見つけた。

「黄金童子《おうごんどうじ》様……」

　そして私は、彼女を前に、項垂《うなだ》れる。

「私、何も知りませんでした」

「それはそうだろう。あの子は何も言わなかった。知られたくなかったのだろうから」

黄金童子様の淡々とした声が、私を責めているわけでもないのに胸に刺さる。

「じゃあなぜ、今になって私に教えてくれたのですか。大旦那様はもう、天神屋《てんじんや》に帰らないつもりなの……っ」

「さあ。それは私にもわからない。あの子の考えていることなど」

「でも、あなたは大旦那様の、育ての親だと聞きました。それならば、なぜ大旦那様の霊力の核を、体から取り出すようなことをしたんですか。あなたからすれば、私なんて……私がどうなるかなんて、どうでもいいことでしょう。大旦那様の命を削る方が、あなたにとっては苦しいことでしょう」

母のように慈しみ、大旦那様を育て、見守ってきたあなたなら。

「……そうだよ。だから最初は、お前がなんだか少し、憎らしかったよ」

黄金童子様は、フッと皮肉めいた笑みを浮かべて、目を閉じる。

金のまつげが風に吹かれて、キラキラと彼女の頬に影を落とした。

どこか寂しそうに、ゆっくりと瞼《まぶた》を上げると、彼女はしゃがんで地面に咲く小さな花に触れる。

「あの子はそれでも、汚れた邪鬼の自分にも、守れる命があると知りたかった。欲しかったんだよ。自分を受け入れてくれるような、唯一の存在が。自分にとっての一番が。それがとても儚《はかな》くて、触れてしまえば枯れてしまうほどの、か弱いものでも」

　そして彼女は立ち上がり、もうしっかりと背筋を伸ばし、いつもの威厳ある口調になって、いまだ涙を流してへたんと座り込んでいる私を見下ろして、「お立ち」と言いつける。

　強制力のあるその言葉に私は逆らえず、力の入らない体を無理やり動かした。

　黄金童子様の、紫水晶のような瞳が、私を捕らえて離さない。

「葵。あの子が、お前に伝え損ねた、最後の〝真実〟がある」

「それは、もしかして……大旦那様の、本当の名ですか」

「そうだ。それは、あの子がずっと昔に封じてしまったもの。それを、お前が見つけに行かなければならない。さあ。鍵《かぎ》を、お出し」

「……鍵」

　じわりと目を見開く。そうだ。私、黒い鍵を持っていたんだ。

　胸元に下げていたその鍵を取り出し、以前大旦那様に言われた言葉を思い出す。

　知りたいことがあれば、これで開くものを探せと……そう言っていた。

「葵。その鍵こそが、大旦那の封じたものを解く鍵だ。過去も、想いも、その名すらも、その鍵で開けられる、ある場所に封じられている」

　黄金童子様は淡々と答える。

　静かな池のほとりに落ちる、ひとしずくのような言葉。

波紋が広がり、私の心を波立たせる。

「葵。お前は何度か、そこへ行ったことがある。例えば……」

黄金童子様の視線を追いかけた。

すると、社の奥にしめ縄のかかった小さな扉があって、その鍵穴が異様な存在感を醸している。

黄金童子様は何も言わなかったが、私は心の赴くままに拝殿を上り、扉に近寄り、この鍵を鍵穴に差し込んだ。

鍵は回る。そして扉を、そっと開ける。

扉の向こうの光景には見覚えがあった。

以前、天神屋の地下で迷い込んだ、優雅な洋室だ。

「ここは、いったい何なのですか？」

「かつて、私と大旦那の隠れ家だった屋敷の、応接間だった場所だ。この世のどこにも見つけられないが、鍵さえあればどこからでも入れる」

アンティークの家具が並び、無数の写真が様々な形の写真立てと額に彩られ、密《ひそ》やかに飾られている。

天神屋の従業員の集合写真や、おじいちゃんの若い頃の写真、そして大旦那様と、黄金童子様の……

「あれ。この絵……前にもあったっけ」

いや、前はそれを意識できなかっただけかもしれない。

小さな黒髪の少年の絵画を、私は見つけた。

写真ではなく、油絵の絵画なので、部屋の装飾の一つと思い込んでいた。

こちらも黄金童子様らしき少女、でも今のおかっぱ姿と違い腰ほど長い金髪の少女と一緒に並んで描かれているのだが、まるで幼い姉と弟のよう……

黒髪の男の子は痩《や》せていて、前髪は長く、その隙間から見える鋭い赤い目には、懐かしさすら感じられる。

「これは……大旦那様ですか？」

「ああ。あの子の封印を解いた少し後に、描かせたものだ。地下深くの岩室に封じられていたあの子は、子どもの姿にまで退化し、心を失ったような虚ろな目をしていた。五百年という長い間、暗くて寒い孤独ばかりの場所で、邪気ばかりを取り込み続け、痛く苦しい思いをしていたのだから」

「……………」

「あの子は、封じられていた時の記憶はないと言ったかもしれないが、それは嘘だよ。あの子は途中で目覚めてしまった。ゆえに、暗く閉ざされた場所の恐怖を、誰より知っている」

「え……」

震えそうな体を、抱え込んだ。

奥歯を噛《か》んで、泣いてはダメと、自分自身に言い聞かせる。

まだだ。私はまだ、知らなければ。

「さあ、次の扉を開けてごらん、葵」

黄金童子様は細い指で、私から視線を外すことなく、真横の壁を指差す。

そこには、一見隣の部屋につながりそうな、西洋風のドアがあった。

だけど知ってる。このドアは、別の場所につながっている。

覚悟してドアノブに手をかけ、しかしやはり鍵がかかっていたので、黒い鍵を差し込む。

カチャリ……先ほどより、重い音がした気がした。

扉を開けると、

「う……っ」

眩《まぼゆ》い陽光に思わずぎゅっと目を閉じてしまう。

ゆっくりと瞼を上げると、そこは、高い壁に区切られた、四角い空間だった。

野花の咲いた静かな場所の、その真ん中に、鍵と同じ素材で作られた黒いドーム型の石碑があった。

「ここ……妖都で迷い込んだことがある」

邪鬼の姿だった大旦那様を、見た気がした場所だわ……

「そうだ。これは隠世《かくりよ》の何者にも忘れ去られた者の墓標。あの子の、先祖が眠る墓。この地の覇権を巡る戦いに敗れた、忘れ去られし刹鬼《せっき》の一族……その最後の族長が眠っている」

黄金童子様は、しばらくその者の無念を悼むように、目を閉じていた。

その族長を、黄金童子様は知っているのだろうか。

「葵。お前は一度、ここであの子の本当の姿を見たね。あれこそが、地中に封じられ、邪気を体に取り込み続けた〝邪鬼〟だ。本当の名を隠すことで、周囲に邪鬼と悟られない変化の術を習得し、今のあの大旦那の姿がある。しかし化けの皮を剝《は》がされると、途端にあのような悍ましい姿となる」

「…………」

「とはいえ、大旦那の場合すでに霊力の核は無いので、お前が見た姿は体内に残留する邪気を纏《まと》ったものに過ぎない。……その邪気も、少しずつではあるが、消費されていく」

「そう……なんですか？」

消費ということは、消えてなくなるということだろうかと思い、わずかにホッとした。

だが、黄金童子様は安心するのはまだ早いというように、何度か首を振る。

「しかしあの邪気が大旦那の霊力を賄っているのも事実で、私が大旦那の体に取り付けた、かりそめの核もまた、その邪気で動いているのだ。邪気は体に毒でもあるが、あの邪気を消費し尽くせば大旦那は死ぬ。残りの寿命は保《も》って、百年といったところだろう」

「保って……百年？」

それは大妖怪《だいようかい》にはあまりに短すぎる寿命だ。

前に大旦那様が、院長様に、自分にも寿命くらいあると笑って言っていたけれど……大旦那様はもう、自分の寿命を受け入れているのかもしれない。

私を助けたせいで、あの人は、大幅に命を削ってしまったのだ。

グッと胸元を押さえて、溢《あふ》れんばかりの罪悪感に苛《さいな》まれる。

「だがな、葵。お前には、大旦那の寿命を少なからず伸ばすことができる。お前の力は、その可能性を秘めているんだよ」

「私の、力？」

「ああ。お前の料理は、霊力を回復させる。食材の持つ霊力を高め、あやかしが霊力を体内に取り込む手伝いをするからな」

黄金童子様の言葉に、灯《とも》る小さな光を見た気がした。

「私は、大旦那様に頂いたものを、返し続けることができるということ……ですか？」

それは、私ができる唯一のことであり、私にしかできないこと。

「だけどその道は、お前にも大きな覚悟が必要になってくるよ。お前の料理は術の一種。

術の対象の名を知っていることで、より明確に効果を発揮する。ゆえに、お前はこの先の扉を開けて、あの子が過去に置き去りにした〝本当の名〟を見つけ出してあげてほしい」

黄金童子様は、いつの間にかその手に、天狗《てんぐ》の団扇《うちわ》を持っていた。

私が天狗の松葉《まつば》様に頂いたものだが、折尾屋《おりおや》に攫《さら》われた時に、黄金童子様に奪われていたもの。

彼女はそれを私に差し出す。私は自然と、それを受け取っていた。

「ここから先は、私は行けない」

そして彼女は、黒いドーム型の墓標に寄り添う形で、その場に留《とど》まる。

すでに、次の扉は現れていた。

私から見て右側の、高い壁の下方に、その扉は静かに佇《たたず》んでいる。

巨大な、赤黒い……お札の張られた、禍々《まがまが》しい扉。

怖気《おぞけ》に襲われ、全身の毛穴から嫌な汗が吹き出る。

「あの、黄金童子様。あなたはいったい、邪鬼の……刹鬼の一族にとって、何なのですか？」

私はその扉を開ける前に、一度尋ねた。

「私は、かの一族の繁栄を約束した者。だけど、私に彼らは守れなかった。今は……ただの、墓守のようなものだ」

何かの呪文《じゅもん》でも唱えているかのような、ささやき声で。だけどちゃんと届く言葉で、彼女はそっと私に教えてくれた。

「さあお行き、葵。……あの子を、助けてあげて」

黄金童子様の声に促される形で、次の扉の鍵《かぎ》を軽く開けて、私はその先へ進んだ。

覚悟して、次の扉を開き足を踏み入れた。


「あ……っ」

扉の向こうは、今までの雰囲気とかなり異なる。

まず猛烈な熱気に包まれ、私は息ができなくなった。

足場も悪く、ここがどこなのかもわからない。

それでも、赤黒い霧に包まれた荒野を歩み、手探りで前に進む。

徐々に赤い霧が晴れ、今度は仄暗《ほのぐら》い場所に出た。

「……ここは」

寒いわけではないのに震えが止まらず、自分の体を腕で抱き、あたりを見渡す。

そこは暗い洞窟《どうくつ》のようで、足元に淡く光る、生暖かい赤い湯が湧き出ている。

まるで、天神屋の温泉の一つである、朱ノ泉《しゅのいずみ》のよう。

洞窟の真ん中には卵形の岩室があり、一部が割れていて、手前に小さな人影があった。

「ここから出せと、私を呼んだのは、お前かい？」

「……出せ、ここから。出してくれ。頼む」

「もう出しているというのに……ここは岩室の外だよ。私が壊して、お前を引っ張り出したんだ」

「ここは嫌だ。もう、こんなところには居たくない」

「わかっているよ。もう、酷《ひど》い姿だ、邪気が体を蝕《むしば》んでいる。……さあ、もう泣かなくていい。私がここから、外へ連れて行ってあげるから」

黄金童子様と、幼子が一人。

黄金童子様も見た目は幼子のようだが、もう一人の黒髪の子鬼は、より幼く見える。

痩せて、黒い霧を纏う姿は邪鬼に他ならず……私はすぐに、この幼子が大旦那様だと察した。

これは多分、大旦那様と、黄金童子様の出会いの記憶。

黄金童子様は邪鬼の幼子を、その小さな体で背負って、膝《ひざ》まである朱《あか》い泉からゆっくりと陸地に移動する。

「腹が……減った。もうずっと、ずっと何も食べていない。それなのに、寒さと苦しみだけが体に入り込んでくる。喰《く》い尽くせないほどの、闇、だけが」

「地上に出れば、もう邪気を取り込み続ける必要はない。その代わり、美味《うま》いものをたらふく食べるといい。……ああ、そういえばお菓子があった」

黄金童子様は、懐からきんつばのようなどら焼きのようなお菓子を取り出した。

子鬼はそれを目にすると、奪うようにして貪《むさぼ》る。

「今はこれしか持ってないが、後で好物を食べさせてあげよう。好きなものはあるのか？」

子鬼は食べる手を止め、うつむきがちにぼそっと「卵」と答えた。

「ほお、卵」

「現世《うつしよ》では、卵を煮たり焼いたりした者は地獄で体を焼かれて、卵と同じ目に合うと言われていた。しかしそれは人間の話で、僕や仲間の鬼は卵をよく食った。だが、ここはまるで地獄のようだ。やはり僕は、罰を受けたのだろうか」

「あははっ。確かそんな話が、現世の書物にあったな。『日本霊異記』だったか。……しかしお前は鬼だから全く問題ないだろうし、そもそも時代は変わった。今は人間も卵を食う。後で、新鮮なものを取ってきて、料理させよう」

好物を知り満足げに微笑む、黄金童子様。

そして、お菓子を食べ終わった大旦那様の頬に触れて、視線を合わせる。

「お前、名前は？」

「僕。僕の名は……名は――〇〇」

子鬼は口を動かしたが、私にはその名前の部分が聞き取れなかった。

「だけどこの名は、絶対に誰にも言ってはいけないと、はるか昔に誰かから言われた。それが誰だったのか、覚えていないが」

「……そうか」

寂しげに、ため息のように笑う黄金童子様。

「ならばその名は、私とお前だけの秘密だ。今後も、絶対に言ってはならない。名を隠すことで、お前は邪鬼という身の上を、地上で隠すことができる。そういう術を、私が教えてあげる。……大丈夫。私がお前の生きていける世界を作ってあげるよ、〇〇。だから、絶望してはいけない」

場面がパッと変わった。

今度は、先ほどの地獄のような場所とは打って変わり、アンティークの家具が揃った洋館の一室にいる。

黄金童子様と、身なりの整った子鬼がティーカップでお茶を飲んでいる。

あの子供は、先ほど地下の岩室から救い出された大旦那様。邪鬼として纏っていた邪気を隠し、ただの鬼として化ける術を、すでに身につけている。

「そうだねえ、お前にはいつか、私の創った天神屋を引き継ぐ〝大旦那〟になってもらおうと思っているよ」

「……大旦那？」

「お宿の、主人のことだよ」

「でもそれは、黄金童子様のことじゃないのか」

「私は大女将《おおおかみ》。まあ、お前が大きくなるまで、私が大旦那も担うことにはなるだろうがね」

「僕は……宿を経営するのか」

自信なげに、ティーカップを置く子鬼。

そんな子鬼を見て、黄金童子はクスッと微笑んだ。

「宿とは客を癒《いや》すための場所だ。お前が変わりたいというのなら、誰かを癒すために全力を尽くしてみるといい。百年、五百年と、時間はかかるかもしれないが……癒しを得たものは、また必ずそこへ来たいと思うだろう。宿とは初めての体験を得るところでもあるが、繰り返し癒しを求めて戻って来る……帰ってくる場所でもある。あやかしとは長生きだからな。そういう居場所を、お前が作るのだ」

「僕が……誰かを癒す場所を、作る」

子鬼は顔を上げて、赤い瞳《ひとみ》をキラリと揺らし、未来への希望と不安の色を灯す。

「できるだろうか、僕に。嫌われ者の僕に」

「この鬼門の地なら、きっとお前にしかできない。まずは仲間を集めるといい。共に理想を追いかけ続けることのできる、仲間を」

そして大旦那様は、妖都の役人だった白夜《びゃくや》さん、研究者だった砂楽《さらく》博士を、天神屋というまだまだ未熟な宿の従業員に誘う。

二人は幼い子鬼がその地位につく前から〝大旦那様〟と呼び、いつかその立場を背負うにふさわしい存在に育つまで、しっかりと見守ってきたのだろう。

断片的に覗《のぞ》く記憶から、黄金童子様は偉大な母であり、白夜さんは厳しくも正しい父のようであり、砂楽博士はただただ大旦那様に甘い祖父のように感じた。

そんな彼らに育《はぐく》まれながら、大旦那様はすくすく育つ。

凛々《りり》しく美しい、青年の鬼になった頃、大旦那様は文門《ぶんもん》の地《ち》の大学に入学し、そこで現院長である夏葉《なつは》さんと、現八葉《はちよう》であるザクロさんに出会う。あともう一人、ツンツン髪の大柄な青年が、同じ班にいるみたいだ。あれは……もしかして、黒亥《くろがい》将軍!?

もしあの青年が黒亥将軍なら、大旦那様を連れて行った時の、古い友人のようなやり取りも納得だ。

まだあどけなさの残る、かつての大旦那様と、同級生たち……

彼らがのちに、八葉や将軍として別々の道を歩み、それぞれが睨《にら》みを利かせながら、大事なもののために駆け引きをする関係になることを、この時の彼らは知っていたのだろうか……

「さすがにこの格好は、かなり偉そうじゃないか、白夜」

「大旦那様なのですから、偉そうでいいのです」

子供時代、青年時代を経て、子鬼は大人になり、そして天神屋の〝大旦那〟になった。

この頃の大旦那様は、今の大旦那様に近い気がする。風貌《ふうぼう》も、格好も、雰囲気も。

「ふふ、陣八《じんぱち》のそんな格好、笑ってしまうよ」

「ザクロ……天神屋でその名で呼ぶのは無しだぞ」

大学時代の同級生だったザクロさんを、大旦那様が天神屋に誘ったのはこの時点だったらしく、ザクロさんは今の私に近い、着物にたすき掛けをした姿でいた。

このころは女性らしく、しかしさっぱりとしてよく笑っている。

私の知らない大旦那様と、若かりし頃の天神屋の従業員たち。

今のような大きなお宿ではなく、困難ばかりの小さなお宿だった頃の、アットホームな空気がある。

苦楽を共にしたこの時代の彼らを、とても羨《うらや》ましく思う。

のちに、ここから黄金童子様やザクロさんがいなくなり、白夜さんや砂楽博士が残っていくのだとしても。

再び、場面が変わった。

それは、風の強い春の日のこと。

「津場木史郎《つばきしろう》？　それがお前の名前か？」

「そうだ。お前は天神屋とかいう宿の大旦那だろう。現世のあやかしに聞いていた通り、偉そうななりをした鬼だなあ」

宙船《そらふね》にある大旦那様の仮眠室。そこで寝ていた人間の少年の堂々たる姿に、大旦那様も他の天神屋のあやかしたちも、大層たまげていた。

この少年こそ、若い頃の津場木史郎。

「わはははは」

バンカラ風に着こなした学生服を翻し、怖いほどに大笑いしながら、高下駄《げた》を鳴らして部屋を飛び出す。そして宙船の甲板に出て、現世とは違う妖気《ようき》漂うあやかしの世界を前に、興奮を隠しきれずにいたのだった。

「すっげ〜っ！　ここが隠世かあ！」

「人間の小僧よ。隠世のことを知っているのか」

大旦那様は津場木史郎の背後より、彼を探る冷たい瞳のまま、問いかける。

「まあな。現世のあやかしに隠世へ行く裏技教えてもらったんだ。なるほどねえ、隠世からやってきたあやかしの船に乗り込む手があったとは。確かにこれならタダで来られるな」

「何をのんきなことを言っている。ここはあやかしの世。人間のお前なんてすぐにとって食われてしまう。……今回は見逃してやるから、さっさと現世に戻れ」

「何言ってんだ、天神屋の大旦那。知らない世界が目の前にあって、ワクワクしない男がいるってのか？　冒険しない男がいるってのか？　俺はずっと、現世が自分の世界ではない気がしていたんだ。ここには俺の野望がある気がする」

津場木史郎の若々しさ溢《あふ》れる発言に、大旦那様はしばらく言葉を失っていたが、何を思ったのか、やがて腹をよじって笑う。

「ふふ。あはははっ！　まさか、そんな馬鹿丸出しのセリフを聞くことになるとはな。しかし、どうして、懐かしい。忘れていた少年心を思い出すよ」

懐かしい。そう言った大旦那様の、一瞬の表情を見逃さない。

大旦那様もまた、かつてそんな冒険を夢見た少年であったかのような、柔らかな顔をしていた。

「今夜さー寝る場所がねーんだけど。宿の支配人ってなら俺を泊めてくれよ」

「図々《ずうずう》しい人間だな。金はあるのか？」

「そんなものはない。俺は食客というやつだ！　食客はただで寝泊まりできる上に、日々の衣食住を約束してもらえる。その代わり、お前の用心棒をしてやろう。こう見えて、俺はあやかし相手にめちゃくちゃ強い。俺は最強」

「…………」

なんだこの根拠の無い自信に満ち溢れた、救いようのない阿呆《あほう》は……と言いたげな呆《あき》れ顔の大旦那様。

なんかごめんなさい。なんかごめんなさい。

「そういうのは御庭番だけで間に合っている。人間の子よ、次に現世の岩戸が開くまでは、情けで天神屋に泊めてやるから、岩戸が開いたらすぐにでも元の世界に戻れ。さもなくば僕がお前を喰らってやる」

「ほほーう。そんなこと言っちゃっていいのかな〜？　俺、現世でお前の後をつけてたから、知ってるぜ。お前が現世であれこれ美味いもの食って、浅草《あさくさ》で接待を受けて、謎の菓子折りを貰《もら》っていたのを！　そちも悪よのう」

史郎は大旦那様を肘《ひじ》でうりうりしている。なんて無礼な。

しかし大旦那様は真顔のまま、

「……実際に僕は偉いから、接待を受けるのは当然だ。それに菓子折りはただの菓子折り。賄賂《わいろ》ではない」

「あああ、開き直ってやがる！　おーい、天神屋の従業員の皆さーん。ここに悪徳経営者がいますよー」

「僕は鬼だから、少しくらい悪徳でも許される」

「えぇー、なにそれー」

「そもそも僕は、自分でも言ってしまえるくらい真面目な鬼だ。そしてお前より強い。なんなら勝負してみるかい」

「お！　いいね、やろうやろう」

大旦那様は諦《あきら》めてもらうために冗談で言ったのだろうが、ここでやる気満々になる津場木史郎。もとい、私のおじいちゃん。

偉くもないのに偉そうに腕を組み、呆れるほど高笑いしている。

ああ、おじいちゃん。そのまま大旦那様とワチャワチャ戦って、地の利もあって大旦那様が勝ったけれど、別に殺し合いをしたわけでもなく最後は握手をしている。

何これ、スポーツ？　試合？

だけど心底楽しそうなおじいちゃんの笑顔に、大旦那様も戸惑っているというか、調子が狂っている様子。

結局天神屋の客室にて擦り傷の手当てをしてもらいながら、おじいちゃんはこんな話を大旦那様にしていた。

「桃太郎《ももたろう》、金太郎《きんたろう》、一寸法師《いっすんぼうし》……鬼退治は決まって英雄の仕事だ！　だが俺はそういう英雄を気取った一族のやり方が嫌いでね。物語の英雄ってのは、最後には必ずお宝や綺麗《きれい》な嫁さんをもらって、大勢に敬われて終わるのがセオリーだが、今の時代、俺たちの仕事をありがたがる連中なんてそうそういないし、大金出してくるような輩《やから》はろくな人間じゃねえ。退魔師をこき使っておきながら、まるで人間扱いしねえんだから」

「そういう仕事が……役目が嫌になって、この隠世へ逃げて来たのかい」

「ああそうだ。俺は、汚れ仕事をする損な役回りはごめんだ。自分に得なことしかするつもりはない。それに人間を守るために戦うより、あやかしと戯れている方が、よほど良いことがある。例えば傷の手当てをしてもらうために、こんな高級旅館にタダで泊まれたり～薬湯の温泉に入れたり～」

「お前……まさかこのために、僕に勝負を挑んだと？」

「さあどうだかなあ」

部屋にご馳走《ちそう》が運ばれるのをワクワクしながら待ち、ついでに綺麗な仲居の女の子たちを物色している、津場木史郎。

大旦那様はほとほと呆れて、鬼の長い爪で額を掻《か》きつつ、

「あやかしの僕がこんな心配をするのもおかしな気がするが、お前がいなくなったら、現世の家族が心配するんじゃないのか？」

「さあどうだかな～。まあ心配するかもしれないが、俺はどうでもいい」

「家族が、嫌いなのか？」

「嫌いじゃないけど、大事なものが全く違う。心を殺して退魔の仕事を全うできるのなら、それでいいと思うが、俺はそうじゃねえってことだ。俺は人間とかあやかしとか関係なく、好きなやつは好きだと言いたいし、気に入らねえ奴はぶっ飛ばして、スカッとしたい。ただそれだけ」

「いつかお前がぶっ飛ばされるぞ」

「それもよくある。あちこちの女の子とデートして、それがまたあちこちにバレて殴られたり～」

「…………」

「ていうかお前も大概、女をたぶらかしてそうな見た目をしているぞ天神屋の大旦那」

「そんな不誠実なことはしない。客商売は信頼が第一。お前と一緒にするな」

「あっはっは。まあ確かにあやかしってのは一途《いちず》だからな～。あれは一体、何なんだろうな。一つの場所にも、たった一人にも留《とど》まれない俺には、全く理解できない思考回路だよ」

津場木史郎。私のおじいちゃんは、こんな頃から、ずっと変わらないんだ。

自由気ままで、何事も自己流で、風の吹くまま気の向くまま。

大旦那様は最初こそおじいちゃんをただの阿呆な子どもと思っていたみたいだが、徐々にこのペースに飲まれ、気が付けば彼に翻弄《ほんろう》され、隠世でも一世風靡《ふうび》するような、長い付き合いになるのだった。

◯

まるで一つの映画でも見ているように、大旦那様の生い立ちを追っていた。

その中でおじいちゃんとの馴《な》れ初めもわかった。

この続きが気になる。大旦那様はおじいちゃんと、何を約束し、そしてなぜ私を助けに来たのか。その場面を、見たいと思っていたけれど……

出して……ここから出してくれ……

背後から、大旦那様の声がする。

目の前で繰り広げられていた、大旦那様の記憶を追う映像の様なものが、砂嵐によってかき消された。

振り返ると、やはり扉がある。

同じだ。さっき、黄金童子様と別れて入った扉と、同じ。

重々しい、お札が張られて封じられた扉。

ごくりと息を飲み、私は鍵《かぎ》をもってその扉を開けた。

……朱い泉の真ん中に、ヒビの入った黒い岩室がある。

やはり、大旦那様がずっと昔に封じられていた場所だ。

なぜ、もう一度ここに？　遠い昔に、大旦那様はここから救い出されたというのに。

「出してくれ……ここから」

「⁉　大旦那様……っ！」

私は朱い泉のぬるま湯をかき分けて、その岩室に駆け寄った。

だけど私には、この石を破る力などない。黄金童子様の様に、これを壊す力がない。

僅《わず》かにヒビの入った隙間から中を覗《のぞ》くと、奥の最も暗い場所で、力無く座り込んだ邪鬼が見えた。髪は長く、衣はボロボロで、痩《や》せて、禍々《まがまが》しい邪気を纏《まと》っている。

子鬼の姿ではない。あれは……あれはきっと、今の大旦那様の、本当の姿。

「ここは嫌だ。もう、こんなところには居たくない。……帰りたい……天神屋に」

「……っ、わかっているわ。何とかして、ここから出してあげる」

出してあげたい。天神屋に、連れて帰ってあげたい。

こんなところに大旦那様が閉じ込められているなんて、たまったものではない。

だけど、

「……出す？　人間のお前が？　この姿の僕が怖くないのかい」

予想外にも、大旦那様は鼻で笑う。

願望とは裏腹に、何かを諦めているかのような、冷えた声音だ。

「醜いだろう、恐ろしいだろう、本当の僕などこんなものだ。見ているだけで怖気《おぞけ》がして、闇に飲まれてしまう。天神屋に戻ったところで、僕の居場所はもうない。……お前だって、こんな僕の、花嫁になどなりたくないだろう」

「そ、そんなことない……っ」

私は岩室の壁を強く叩《たた》いて、首を振った。

「そうじゃない。そうじゃないの、大旦那様。私はまだあなたに、何も伝えていないの。私の思いは、あなたに一つも伝わってない！」

「ならば、僕の花嫁になってくれるとでも？　それは恩返しかい。憐《あわ》れみかい？」

違う。違うのよ、大旦那様。

「だけど、最初は、お前からだったんだよ、葵」

「……え？」

何が、私からだったの？

「腹が……減った。もうずっと、空腹だ」

「なら、私がご飯を作ってあげる。温かいご飯よ。お弁当も、あなたの好物の〝卵焼き〟だって毎日作ってあげる！　私のご飯は、霊力を回復させることができるの。あなたのことも、すぐに元気にしてみせる。あなたを満たす力を、私が身につけるから！」

だから、そこから出てきて。

なぜまだ、そんな暗闇に囚われているというの。

小さな割れ目から腕を入れて、手を差し伸べる。

「一緒に天神屋へ帰りましょう、大旦那様。この手を取って」

あなたをそこから連れ出したい。

かつて、私を同じような場所から、あなたが助けてくれたみたいに。

そのために必要なもの。あなたに心からの思いを伝えるために、必要なもの。

それは……

「無理だよ、葵。お前は僕の、本当の名すら、まだ知らないじゃないか」

「…………」

大旦那様は長い髪の分け目から、真紅の瞳《ひとみ》を鈍く煌《きら》めかせ、ただ私の差しのばすその手を見つめている。

「僕はきっと、妖王《ようおう》によって再びこの地底の闇に閉じ込められる。その時はもう、何もかもを忘れていいからね。約束も、僕と過ごした日々も、全部全部、忘れてしまっていい。

お前を嫁になどしない。……お前はもう、自由だ」

そしてその邪鬼は、私の手を取ることなく、折りたたんだ紙切れのようなものだけを置いて、深い闇に溶けていなくなった。

これは何？　これは……誓約書だ。

かつておじいちゃんが書いた、私を大旦那様の嫁にくれてやると誓った、誓約書。

だけどその誓約書には、すでにこう刻まれている。

〝天神屋の大旦那の名の下に、この婚約を破棄とする〟

そう。今まで何度か見てきた、大旦那様の、綺麗な字。

最後にポンと、寂しげに書かれていたのは、

〝刹《せつ》〟

あのひとの〝本名〟だった。

第八話　大旦那様の好物

手には、もう意味のなくなった誓約書を握りしめ、私は泣きながら、足場の悪い暗いトンネルを歩いていた。

遠くにぼんやりと見える明るい場所。そこに密《ひそ》かに佇《たたず》む白い扉を目指し、乾いた砂の上に、濡《ぬ》れた足跡をつける。ただ、ひたひたと。

とても長く、長く、長く歩いていた気がする。

大旦那様《おおだんな》様。

いいえ、刹《せつ》。あなたの名前は、刹というのね。

あなたは一族の名を引き継ぎ、そして、その名を封じていたのね……

あなたをまだ、あの場所から連れ出してあげることができなくて、ごめんなさい。

その力がなくて、ごめんなさい。

あれはきっと、大旦那様が心に秘めていた、葛藤《かっとう》や闇が作り出したもの。鍵をかけてまで、閉じ込めていたもの。

普段は自分の心を全く覗かせず、いつも大人びた態度で、天神屋《てんじんや》の大旦那として悠々と構えていた。

だけど本当は、今でも恐れている。

暗くて、寒くて、狭くて……邪気に蝕《むしば》まれ、ただ空腹に苦しむ、あの場所を。

泣き叫んでも、そこから出してくれる者などいない。誰かを信じるのも怖い。

その絶望を、苦しみを、本当は私以上に知っていた人。

あの子が、大旦那様が、刹というひとりぼっちの鬼が、震えるほど愛《いと》おしいのに。

あのひとに受け入れられていないのは、本当は私の方。

白く飾り気のない、最後の扉を開く。

その先に見えたのは、見覚えのある屋上庭園だった。

「これ……大旦那様が……育てていた菜園」

そうか。

私、黒い鍵で〝扉〟を通って、結局ここに、天神屋に、戻ってきてしまったんだ。

かつてここの噴水に映った洋館を見たことがあるけれど、あれもまた鍵をかけて閉じ込めている場所の一つだったのだろう。黄金童子《おうごんどうじ》様や大旦那様の記憶、その真実が、たくさん隠されている場所……

「あれれ、嫁御ちゃん？」

「!?」

背後から気の抜けるような声が聞こえた。

振り返ると、全身白い防護服姿に包まれた不審者が私に手を伸ばしている。私はギョッとして凄《すご》い勢いで後ずさる。

「ああっ、違う違う。不審者じゃないから。私だよ、私」

顔の布を払って自分を指差すその人。口調からなんとなく察しがついていたが、砂楽《さらく》博士だった。

「博士……大丈夫なんですか？　陽の当たる場所に出て」

私は目尻《めじり》の涙をせっせとぬぐいながら、外界にいる砂楽博士を珍しく思った。

「まあもう昼下がりだし、日光を完璧《かんぺき》に遮断するこの防護服を着ていればね。ここに大旦那の菜園があることを知っている者は少ない。そもそも、この屋上庭園に入ることを許されているのは、幹部でも一部だ」

「…………」

大旦那様が、なぜこんなところで野菜を育てていたのか。

小さな菜園で、自分の世話が行き届く分だけを、一生懸命お世話していた。

小さな命を希望のごとく愛《め》でて、育てるのが好きだったのだ。

今ならば、大旦那様の優しさや寂しさが、こんなに小さな菜園からも伝わってくるのに。

「ねえ、砂楽博士」

「大旦那様は、きっと、自分の手で育てたかったのよね。この野菜も……天神屋という宿や、ここで働く人たちだって」

「ん？　なんだい？」

「……嫁御ちゃん」

文門《ぶんもん》の地《ち》で、大旦那様はいつも通り過ごしていたけれど、彼の本心はとても複雑で、私は鍵を使うことによって、やっと、本当の彼と向き合った。

「大旦那はね、そうやって……自分の手で育《はぐく》む命があることを、証明したかったのかもしれない。邪鬼は確かに嫌われ者だけど、大旦那は皆に、確かに慕われていたよ。だって、大旦那は捨てられていた者を見捨てられない。天神屋の多くの者は、行き場を失って、大旦那に拾われた者たちなんだから。私だって、そうだよ。生き苦しい場所にいたんだ。まるで、息のできない水槽で飼われているみたいだった。だけど、大旦那がその鬼の手で引き上げてくれたんだ」

「砂楽……博士」

日陰で防護服の頭巾《ずきん》を取り払い、砂楽博士は眉《まゆ》を寄せて空の彼方《かなた》を見ていた。忘れられない、遠い昔を思い出しながら。

博士の言うとおりだ。

今まで関わってきた天神屋の従業員は、問題や孤独を抱いていた時に、大旦那様に助けられたり、誘われたり、拾ってもらった者ばかり。

お涼《りょう》や、暁《あかつき》、春日《かすが》、静奈《しずな》ちゃん……

砂楽博士、白夜《びゃくや》さん、銀次《ぎんじ》さんだって、そう。

あの反之介《たんのすけ》にだって、手を差し伸べた。

そして、私も。私も大旦那様に命を救われた。

ひとりぼっちになってしまったところを、大旦那様が隠世《かくりよ》に連れてきてくれて、私に天神屋や夕《ゆう》がおという居場所をくれた。

ずっとずっと、優しく見守り続けてくれた。穏やかな愛情を注ぎ続けてくれた。

「嫁御ちゃん……八葉夜行会《はちようやこうかい》は、今夜の零時から丸一日をかけて行われるよ。君がここにいるのは、きっと黄金童子様のお力だろうけれど、これからどうするの？」

「……これから」

そうだ。

私は大旦那様を助けるために、ここまで頑張ってきた。

今夜、全てが決まる。

大旦那様の、未来すらも。

大旦那様が八葉から降ろされ、妖都《ようと》の宮中に捕らわれることになったら、再びあのような暗い場所に封じられてしまうかもしれない。

邪鬼を嫌う者たちによって。

「私、妖都に行かないと……っ！」

答えは決まっている。

「大旦那様を、迎えに行かないと。天神屋に帰りたいって言ってた。寂しそうな、子供のような目をして」

砂楽博士に、私は訴え続けた。

「私、言わないといけないことがあるの。たくさんの感謝と……言い尽くせないほどの感謝と……っ」

たとえ今は、救われた感謝や、憐《あわ》れみで答えを出したのだと思われたって構わない。

それでも言う。私はあなたが好きなのだと。

私自身は、長い時間をかけて、至った思いだ。

本心はきっと、私の……私の料理が伝えてくれる。

これからの私が、思い知らせればいいのだ。

「嫁御ちゃんの気持ちはよく分かったよ。君が妖都へ行くというのなら、私にも準備しないといけないものがあるかもね。妖都の連中に見せつけたいものもあるし……ところですぐに行く？」

「一度夕がおへ戻って、準備させて。一時間あれば間に合うわ」

「分かった。なら一時間後に、船着場へおいで」

「ええ。……ありがとう、砂楽博士」

博士はサングラスから半分見える目元を優しく細め、ゆっくりと頷《うなず》いた。

何も言わずとも、私がこれからすることを知っているかのように。

「なんとなく、ね。君を初めて見た時、大旦那と隣り合って歩くことができるのは、君のような子なのかもしれないって、思ったものだよ」

「……博士？」

「暗くて、狭くて、寂しい場所から、助けてあげてほしい。誰もがそうしようとしているけれど、あの子は結構難しい。最後の局面では、君だけがあの子を、暗い水底から引っ張りあげられる気がするよ」

砂楽博士からも、白夜さんや、黄金童子様から感じ取った、親心のようなものを感じる。

大旦那様を、あの子と呼べるのだから。

大旦那様。あなたはきっと、あなたが思っている以上に、多くの者たちに愛されている。

それを確信した上で、私こそがあなたの一番になりたいのだと、伝えなければならない。

「……一番？」

ふと、その言葉が胸に引っかかり、自らの唇にそっと触れた。

私、まだ思い出していないことがある気がして……

しかし悠長にしている場合ではない。私はまず、菜園で実っている丸々したかぼちゃを一つ拝借し、それを抱えて屋上庭園から大旦那様の執務室に降りた。

やはりここには大旦那様はいない。

だけど、日々ここで天神屋のお仕事をこなしてきた、その空気が残っている。

この場所の地下深くに閉じ込められていたのを、黄金童子様に救い出され、育てられ、そして天神屋の大旦那を任された。

天神屋を大きなお宿にするために、一生懸命頑張ってきたのだと思うと、早くここに大旦那様を連れて帰りたいという思いが募る。

「……よし」

私は大きく深呼吸をした後、もうしっかりと、前だけを見据えた。

天神屋の廊下を早歩きしていたら、フロントでお涼と暁を見かけた。

高い脚立に上ってフロントの天井を掃除する暁と、脚立の下で号外新聞を読みながら、適当に脚立を支えているお涼。

「ねー、暁ー。大旦那様捕まっちゃったってー」

「だからなんだ」

「天神屋がなくなったらあんたどうするー？」

「ふざけたことを言うな、お涼。天神屋がなくなる訳がないだろう。俺は最後の最後までここにいるぞ」

「ほんっとあんたってクソ真面目よねえ。営業中はクレーム対応に追われて大変だったくせに、よくこの宿に嫌気がささないこと」

「お前みたいな不真面目な気分屋と一緒にするな！」

「でもね、暁。ちゃんと考えとかないといけないわよ。……私たち、ここ以外に行く場所もないし、帰りを待ってる家族もいないんだから」

お涼のその言葉にハッとして、手の止まる暁。

そのままお涼のいる方に視線を落として、

「あ、おいお涼！　しっかり下を持ってろって言っただろうが！　揺れてる‼」

「あーはいはい～」

やはりお涼は適当に脚立を支える。

そのせいでグラグラ揺れているので、暁が必死にバランスを取っていた。

「ん？　あれ、葵《あおい》⁉　葵じゃない！」

脚立越しにお涼が私に気がついた。

興奮したお涼がまた脚立を揺らすので、暁が耐えきれず下に飛び降りた。

そして、幽霊でも見たかのような顔を私に向けている。

「お前……文門の地にいたんじゃなかったのか⁉」

二人は、いつの間にか天神屋に戻ってきている私に、びっくり仰天という感じ。

しかし私は「ええ」と言うに止《とど》まり、早歩きで夕がおに向かって歩いていく。

そんな私に、お涼も暁も付いてきた。

「どうしたの葵。何をそんなに慌てているのよ！」

「今から私、お弁当作るの。大旦那様の好物をいっぱい詰め込んで、それを持って妖都へ行くのよ」

「はあ⁇　今から⁉　今から作って持っていったって、大旦那様に会えるはずもないわ。大旦那様は宮中の連中に捕まったのよ」

「そうだぞ葵。俺たちは、ここでおとなしく待っているしかできない。夜行会の決定がどう出ようと、その後の天神屋を守っていかないといけないんだ」

お涼と暁が、まともで慎重なことを言って私を説得しようとしている。

それでも私は中庭に出て、渡り廊下を歩いて懐かしい古民家へ向かい、暖簾《のれん》のかかっていない夕がおの引き戸をガラと引いて、随分とご無沙汰《ぶさた》だと感じる、私の居所の空気を吸った。

「それでも、私は大旦那様を迎えに行かないといけないのよ。何をしてでも、この天神屋に連れ戻さないと」

「……葵」

「二人だって、本当はここを飛び出して、大旦那様の下へ行きたいって思ってるんじゃないの？」

カウンターの内側にある台所に立ち、向かい合う天神屋の番頭と若女将《わかおかみ》に問いかける。

二人は無言のまま、わずかに視線を落として、心の内側で自問しているように見えた。

「あ、葵さま！」

アイちゃんがチビを頭に載せて奥の間から出てきた。

私に飛びついて「お帰りなさい」と甘えるので、強くぎゅっと抱きしめてあげる。

「アイちゃん、夕がおをずっと守ってくれてありがとう。遅くなってごめんなさい。チビもちゃんと戻ってきていてよかったわ。置いていってごめんね」

「泣いたでしゅ〜、ギャン泣きだったでしゅ〜」

「ご、ごめんってば」

私に飛びついて、ペチペチ平手打ちして号泣するチビ。

アイちゃんが隣で「でも今回は家出せずに、ちゃんとお留守番できましたよ〜」と。

そっか。チビはなんだかんだと言って、私を信頼して待っていてくれたのだ。

「もう置いていっちゃダメでしゅ。みんなみんな、一緒がいいでしゅ〜」

「……………」

みんなみんな、一緒がいい。

チビのこの飾り気の無い単純な言葉が、酷《ひど》く胸に響いて、泣きそうになる。

そうよね。天神屋のみんな、一緒にまた、ここで働きたい。

大旦那様に見守られながら。そして今度は、私たちが大旦那様を守りながら。

「よし。作るわよ。って、材料がかぼちゃしかない！」

意気込んだ先から、つまずいた。

そうだ私、ずっと夕がおにいなかったから、ここにピンポイントで必要な食材があるわけないのだ。しかし、

「……必要なものがあるのなら、言ってみろ」

「ま。つまみ食いさせてくれるのなら、お使いに行ってあげないこともなくってよ」

「暁。お涼」

何を思ったのか、二人が自分から、材料の調達をかって出た。

最初は最も私に冷たかった、二人のあやかし。

だけど、今では誰よりも私の良き理解者だ。

「ありがとう。じゃあ、お願いするわ」

暁には食火鶏《ひくいどり》とその卵を、お涼には野菜を幾つか用意してもらうように頼んだ。

私は、先にお米を炊いて、どんなお弁当を作ろうかとしっかりイメージしながら、冷蔵庫に何か無いだろうかと確かめる。

「あれ、思ってたより色々ある。アイちゃん、ここでお料理してたの？」

「そうです〜。私、葵さまのやり方を思い出しながら、お料理の練習をしてました。あと、新聞に載ってるレシピを参考に作ってみたり〜。私毎日新聞読んでたんで」

「へええっ！　偉いわねアイちゃん。アイちゃんって器用で好奇心旺盛《おうせい》だとは思ってたけど、自分からやってみようと思って行動に移すのは、なかなかできないことよ」

我が眷属《けんぞく》ながら感心だ。私も学ぶべき姿勢だと思った。

「えへへ。だって早く、葵さまの右腕になりたくって。大旦那さまにも、たくさん褒めてもらいたいです〜」

「……ええ、きっと褒めてくれるわ」

アイちゃんの頭をたっぷり撫《な》でる。

この子の真面目で勤勉な性格は、もしかしたら大旦那様譲りなのかもしれないな。

さて。今回作ろうと思っているお弁当には、大旦那様の苦手なかぼちゃを入れようと思う。というのも大旦那様が以前夕がおを訪れてくれて、美味《お い》しそうに食べてくれたその顔を忘れられないから。

「葵さま。かぼちゃで何を作るんです？」

「きんぴらよ。残っていたレンコンと一緒にね」

甘いかぼちゃが苦手だと言っていた大旦那様。薄切りにして、ピリ辛のきんぴらに仕上げたら気に入ってもらえるかもしれない。レンコンの食感も、きっと助けてくれる。

ちょうど、お涼が小松菜とネギを、暁が食火鶏と卵を、抱えて戻ってきた。

「正月だから、どこのお店も閉まっていて見つけるのが大変だったのよ！　だからもう、近所に住んでる仲居の子たちを頼って譲ってもらったわ」

「ま、精肉店は開いてたので良かったがな。食火鶏は正月に大量に食われるから」

「ありがとう、お涼、暁。二人ともすごく汗だくだけど、ありがとう」

十五分もせずに戻ってきたので凄《すご》い。

ものすごく急いで、開いているお店を探したり、つてを頼ってくれたんだろうな。

「ところで葵、何を作るの？」

「大旦那様の好物が入った、〝始まりのお弁当〟よ」

「始まりのお弁当？　というか大旦那様の好物って……葵、お前それ、知ってるのか？」

「……ええ。何で今まで、気がつかなかったんだろうって、思ったくらいよ」

「？？？」

さっぱりだな、と言いたげなお涼と暁。

私はそんな二人に詳しいことはまだ語らず、アイちゃんに向かって二人にお茶を出してあげるように言った。

その間にも、急いでお弁当を作る。

時間はあまりない。だけど、時間をかけなくとも、今までの経験が、自分の手が、勝手に動いてお料理をこしらえてくれる。

「ああ、いい匂いがしてきた〜。ちょうど夕飯時だし、この空腹に耐えるのは辛《つら》いわ」

「お涼、お前、何を言ってんだこんな非常事態に」

「真面目ぶってんじゃないわよ暁。あんただって、さっきからぐーぐーお腹が鳴ってるわよ」

アイちゃんが気を利かせて、炊きたてご飯の大盛りをお涼と暁の前に運ぶ。

私は弁当作りで余ったおかずをお皿に適当に盛り付け、カウンター越しに二人の前に置いてあげる。あと、たくあんと梅干しも。お弁当に使ったから。

「おかずの残りをご飯のお供にして。ちゃんとお膳《ぜん》にできなくて悪いけれど」

「いいわよそんなの。食べりゃ味は同じよ」

「むしろこういうのが、弁当の残り物って感じで悪くないよな」

「ほーんと、家のご飯って感じ」

二人とも本当にお腹が空《す》いていたみたいで、ガツガツ食べてくれた。

お正月のご馳走《ちそう》とはいかないけれど、お腹を幸せで満たすご飯であれば、嬉《うれ》しい。

ここを安らげる居場所のように思ってくれているのなら、嬉しい。

私たち、もしかしたらもう、家族のようなものかもしれないって思えるから。

「よし。できた！」

私は出来立てのおかずをお弁当箱に詰めた。

使ったお弁当箱は……私が隠世に攫《さら》われる前に、鳥居の前に座り込む鬼に手渡したお弁当と、同じもの。

あの時は、大旦那様のことも、その好物も、何も知らなかったけれどね。

「あーっ、でもでも！　私もお腹すいた！」

「そう思って、葵さまにはおにぎり握っときました〜」

「アイちゃん助かるわ〜ほんとありがとう」

「ぼ、僕だって梅干しぎゅっと押し込んだでしゅ！　おにぎりを美味しくするおまじないかけたでしゅ〜」

「ありがとうチビ〜、おかげでちょっと生臭いけど美味しいわ」

眷属たちの愛情がこもったおにぎりでパパッとお腹を満たして、背中にしっかりと天狗《てんぐ》の団扇《うちわ》を指し、お弁当を風呂敷《ふろしき》で包んでそれを抱えて夕がおを飛び出す。

「………」

しかし、夕がおの柳の木の枝が私の頬をするりと撫でたのをきっかけに、私はハッとして立ち止まる。

ある人の言葉と、あるものの存在を、なぜかこの時思い出したのだった。

私はぐっと拳《こぶし》を握り、やはりあれが必要だと思って夕がおに逆戻り。

奥の間の押入れに入れていた、ある箱を引っ張り出した。

「これ。これも……必要になるかもしれない」

それは、かつて律子《りつこ》さんに頂いた〝七星羽衣《ななほしはごろも》〟だった。

律子さんはそれを、人間という圧倒的な弱みを隠してくれる代物だと……そう言って私に譲ってくださった。冬の七星羽衣は、淡い寒色を緩やかに波立たせている、そんな色。

「ちょっと葵、急がなくていいの⁉」

お涼に呼ばれて、その羽衣を小さく折り畳んで胸元に仕舞い、奥の間を出ようと立ち上がる。

「はい、今行くわ！」

姿見の鏡の前を横切った時、キラリと赤く閃《ひらめ》いた、椿の花の簪《かんざし》を一瞥《いちべつ》して……

もう迷うことなく夕がおを後にしたのだった。

砂楽博士は、用意ができたら船着場へ来いと言っていた。

「あれ、どうして暁とお涼も付いてくるの？　アイちゃんやチビまで」

「そりゃあ、大旦那様の許嫁《いいなずけ》であるお前を、たった一人で妖都に送り出すわけにはいかないからな」

「そうそう。葵って後先考えず突っ走るから、私たちが見張っておかなきゃ何しでかすかわからないじゃない〜。それに今年の天神屋には、実家に帰らないで天神屋を守るって残ってる従業員も多いわ。私たちがいなくても、大丈夫よ。女将様もいるしね」

「……そっか」

二人が付いてきてくれるというのなら、こんなに心強いことはない。

アイちゃんやチビもまた、

「眷属ですからお役に立ちたいですー」

「僕は葵しゃんのいるところに行きましゅ」

と、嬉しいことを言ってくれるのだった。

船着場へ行くと、砂楽博士が白衣をなびかせ待っていた。

辺りはすっかり暗くなり、砂楽博士は防護服を着なくとも外に出られるみたいで、準備運動しながら上機嫌。

「待っていたよ、嫁御ちゃん！　それに番頭君や若女将ちゃんまで。既に妖都へ飛び立つ準備はできている。さあ、これに乗りたまえ！」

「……これ、宙船《そらふね》？」

宙船というには、先端の尖《とが》った奇妙な造形の宇宙船みたいなんだけど、私たちこれに乗るの？

「これは最新の高速宙船〝流星号《りゅうせいごう》〟だよ〜。その名の通り、流星のごとく足の速い宙船だ。人を運ぶだけだし、これでいいかなって」

「あの、砂楽博士、これは誰が運転するんですか？」

「ん？ そりゃ私だよ。あっはっは、心配しなくていいって番頭君。私はこれでも宙船の操縦免許を持っている。ん〜……もう十年くらい更新してないけどね！」

「………………」

ガタガタガタガタ。

この形の宙船ってだけでも震えが止まらないのに、これを砂楽博士が運転すると思うと余計に恐ろしい！

しかしメンテナンスは鉄鼠《てっそ》たちがしていたので、妙な安心感もある。

「あ、意外と居心地よさそうじゃない」

お涼の言う通り、高速宙船の内部にはゆったりとした座席もあってシートベルトも付いている。ついでにドリンクバーとちょっとしたお菓子や暇つぶしの本もあって、なかなか居心地はよさそう。

だけど子供部屋みたいなポップな内装が誰の趣味なのかわからない……

「あの〜、あの〜っ！　葵さーん！」

「ん？」

丸い窓から、船着場で手を振っている静奈ちゃんが見えた。

私は慌てて、一度外に出る。

「どうしたの静奈ちゃん！」

「すみません、これ……っ、これも持って行ってください。葵さんが妖都に行くと伺って、急いで用意しました」

「……これは」

静奈ちゃんが手のひらに収まる程小さな瓶を、割れないようふかふかした梱包材《こんぽう》と一緒に巾着《きんちゃく》袋に入れて私に手渡す。

「天神屋の地下で私が開発していた、とても大切な〝薬〟です。お帳場長様に急ぎ用意するようにと頼まれていたものです。妖都で、何としてでもこれを大旦那様に渡してほしいのです」

私の手を取り、真剣な表情の静奈ちゃん。この薬には、何か意味があるのだと察する。

「……わかった。必ず手渡すわ」

「本当は私が持っていかなければならないところですが、まだ天神屋でやるべきことがありますので、後ほど妖都に向かいます。大旦那様を救うために」

「……静奈ちゃん」

「私は邪鬼の恐ろしさを身をもって知っていますが、一方で……大旦那様の優しさを、その恩を、忘れることはありません。大旦那様が邪鬼であろうとも、その気持ちが揺らぐことはないのです」

その言葉が、とても頼もしく、嬉しいと思った。

邪鬼と対面したことのある、静奈ちゃんだからこその訴えに、勇気を貰《もら》える。

「妖都で、必ず会いましょう、静奈ちゃん」

「ええ。葵さんも、ご無理はなさらず。しかし……ご武運を」

静奈ちゃんは深々と私に頭を下げ、見送ってくれた。

やはり天神屋は良い宿だと、胸に迫るものを大事に思いながら、私は船に戻った。

静奈ちゃんに手渡された薬を巾着ごと帯に挟み込み、数多くの者たちの思いに守られている気がしながら、震える手をもう片方の手で固く握り、祈る。

「さあ、出発進行！」

砂楽博士の号令により、高速宙船が上昇する。そして、

「えっ⁉　あああああああっ‼」

変な声が出てしまったのは、高速宙船が勢いよく速度を上げたから。

体に物凄《ものすご》い衝撃と圧力を感じる。私はお弁当だけは死守せねばと抱きしめている。

高い塔にぶつかりそうになったり、急にガタンと落ちたり、なぜか一回転したり、ジェットコースターにでも乗っているような安定しない飛行がしばらく続いて恐怖におののいていたが、やがて落ち着く。

「……死ぬ」

「いや……死んだわ」

「砂楽博士！　暁とお涼の魂が抜けかけてるけどどうしよう！」

「放っておいていいと思うよ～」

これは、とてもドリンクバーや読書を楽しめる飛行じゃないわね……

アイちゃんとチビだけは意外と平気そうというか、この手の絶叫系の乗り物が楽しいみたいではしゃいでいるけどね。

私はというと、今でもお弁当をひしと抱きしめている。

中身はぎゅっと詰め込んだけれど、今のでちょっと崩れたかな。

でも、食べられるのならそれでいい。

一分でも一秒でも早く妖都に向かっているのなら、それでいい。

早く。

早く、私は大旦那様に会いたい。

今度は、私が、あのひとを〝そこ〟から助け出す番だ。
そして、名前を呼んでみたい。
好物を食べてもらいたい。
私が貰ったものを、真心を込めてこしらえたもので、返し続けたいと思うのだ。
それって多分、共に生きていくということ。
生涯、寄り添って歩むということ。

ねえ、大旦那様。私はあなたの隣を、歩いてもいいですか？
私を、あなたの花嫁にしてくれますか。

あとがき

こんにちは。友麻碧《ゆうまみどり》です。

前巻のあとがきは「かくりよの宿飯」のアニメが始まる前に書いたのですが、この九巻はおそらくかくりよのアニメが終わった頃に出ていると思います。

九巻「あやかしお宿のお弁当をあなたに。」いかがでしたでしょうか？

大旦那《おおだんな》様、しばらく出番が無かった分、たっぷり出ておりました。（代わりに銀次《ぎんじ》さんが全く出てこなかったのではありますが……）

おそらく、この物語の始まりからずっと続いていた謎が、ほぼ全て語られた巻だったのではないでしょうか。

ずっとずっと、語りたくて、でも我慢しながら大事に育て、温めてきたものを、今回は存分に放出した心地です。

だからこそ、この九巻を書き終わった頃には、なんだか寂しい思いがしていました。

これを書いてしまったら、あとはもう……と。

読み終わった方は、もしかしたら想像がついていると思いますが、かくりよの宿飯シリーズは、この次の一冊が本編の最終巻となります。

いろいろと語りたいことがございますが、それは次の第十巻にて。

さて。

今巻では数多くのお弁当が出てきました。

皆さま、お弁当はお好きですか？

友麻、お弁当、大好き。特に、駅弁、大好き。

新幹線でばかり移動するので、駅弁をよく買うのですが、あちこちの名物弁当を買って食べるのがとても楽しかったりします。

ここで一つ、地元の駅弁のご紹介です。

原作四巻でも出てきたのですが、かしわ飯のお弁当。

友麻の地元であります福岡に、折尾屋《おりおや》の名前の由来となった〝折尾駅〟がありますが、こちらの名物、東筑軒〝折尾名物かしわめし〟がとても美味しいです。

折尾駅だけでなく、小倉《こくら》駅、博多《はかた》駅と、福岡の主要な駅に置かれており、福岡ではとても有名な駅弁です。私は小倉駅と東京駅を新幹線で行き来することが多いので、このかしわめしをよく買って食べます。

鶏肉のそぼろ、錦糸《きんし》玉子、刻み海苔《のり》が、薄く敷き詰められた炊き込みご飯に斜めに列を作ってのっかった、王道のかしわ飯弁当。全体的に九州《きゅうしゅう》らしい甘めで素朴な味付けですが、だからこそ食べる箸《はし》が止まりません。

付け合わせには昆布の佃煮《つくだに》とうぐいす豆と、紅生姜《べにしょうが》、奈良漬けのみ。シンプルなお弁当ですが、どれもメインのかしわ飯によく合う合う。

かくりよの宿飯のアニメ18話にもかしわ飯がちらっと出てきたのですが、これが東筑軒のかしわ飯にとても似ていてニヤッとしたので、早く地元に帰って食べたいものです。

皆様ももし福岡に行かれることがありましたら、東筑軒のかしわめし、食べてみてください！

宣伝コーナーです。

かくりよの宿飯コミカライズ版は5巻が先月発売されたばかりで、こちら衣丘《いおか》先生の描かれる美しい黄金童子《おうごんどうじ》様の表紙が目印。コミックス版もとても好調で、今となっては懐かしいキャラクターたちが登場しておりますので、ぜひお手にとってお楽しみいただけたら嬉《うれ》しいです。

また世界観の繋《つな》がった浅草鬼嫁日記シリーズのコミカライズ1巻も発売中でございます。こちら大旦那様がレギュラーキャラ並みに出ておりますので、現世《うつしよ》でコンビニをぶらつく大旦那様の姿にご興味おありの方は、ぜひぜひチェックしてみてください。

担当編集様。アニメと小説の両方でたくさんお世話になりました。

かくりよのこれからについて、一緒に色々と考えてくださってありがとうございます。

今後ともどうぞよろしくお願いいたします。

イラストレーターのLaruha様。アニメ化をきっかけにたくさんお話しする機会があり嬉しかったです！　アニメのBD/DVDなどのパッケージイラストなどで、数多くLaruhaさんのイラストを拝むことができてとても幸せでした。

そして読者の皆様。

あと少しばかり、お付き合いいただけますと嬉しいです。次のお話は、天神屋《てんじんや》の皆が、それぞれ役割を持って動くお話になるかと思います。今までのようなお料理要素は、もしかしたら少ないかもしれませんが、物語の終着を見守っていただけますと嬉しいです。

では、第十巻にてお会いしましょう。

友麻碧

富士見L文庫

かくりよの宿飯《やどめし》　九
あやかしお宿《やど》のお弁当《べんとう》をあなたに。

友麻《ゆうま》 碧《みどり》

2018年10月15日　初版発行
2023年10月10日　21版発行

発行者　山下直久
発　行　株式会社 KADOKAWA
〒102-8177　東京都千代田区富士見2-13-3
電話　0570-002-301（ナビダイヤル）

印刷所　株式会社 KADOKAWA
製本所　株式会社 KADOKAWA
装丁者　西村弘美

定価はカバーに表示してあります。　◆◇◇

ISBN 978-4-04-072676-2 C0193